ジロンド派の興亡

小説フランス革命10

佐藤賢一

集英社文庫

ジロンド派の興亡　小説フランス革命10

目次

地図・関連年表デザイン／今井秀之

【前巻まで】

1789年。飢えに苦しむフランスで、財政再建のため国王ルイ十六世が全国三部会を召集。聖職代表の第一身分、貴族代表の第二身分、平民代表の第三身分の議員がヴェルサイユに集うが、議会は空転。ミラボーやロベスピエールら第三身分が憲法制定国民議会を立ち上げると、国王政府は軍隊で威圧、平民大臣ネッケルを罷免する。激怒したパリの民衆はデムーランの演説で蜂起し、圧政の象徴バスティーユ要塞を落とす。王は革命と和解、議会で人権宣言も策定されるが、庶民の生活苦は変わらず、パリの女たちが国王一家をヴェルサイユ宮殿からパリへと連れ去ってしまう。

王家を追って、議会もパリへ。タレイランの発案で聖職者の特権を剝ぎ取る教会改革が始まるが、難航。王権擁護に努めるミラボーは病魔におかされ、志半ばにして死没する。

ミラボーの死で議会工作の術を失ったルイ十六世は、家族とともにパリから逃亡するが、失敗。王家の処遇をめぐりジャコバン派から分裂したフイヤン派は、対抗勢力への弾圧を強め、シャン・ドゥ・マルスで流血の惨事が。憲法が制定され、立法議会が開幕する一方で、革命に圧力をかける諸外国に対抗すべしと、戦争を望む声が高まってゆく。

革命期のフランス

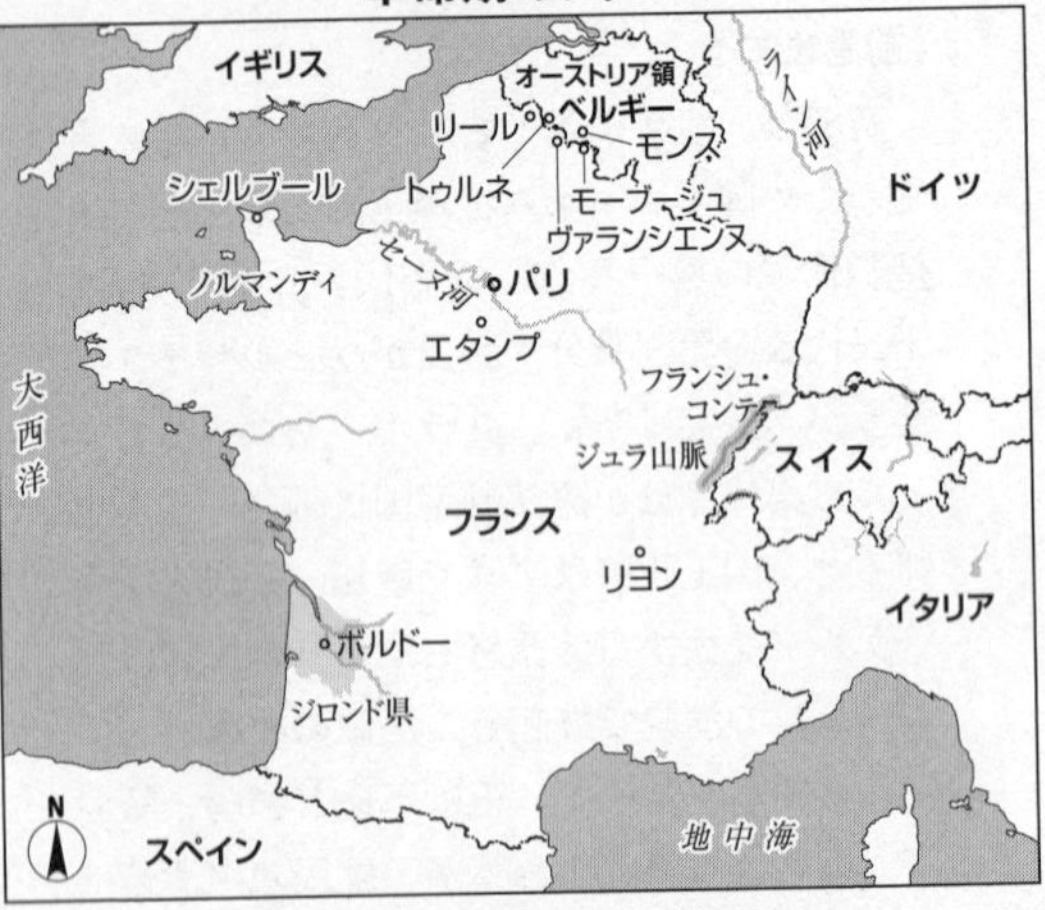

革命期のパリ市街図

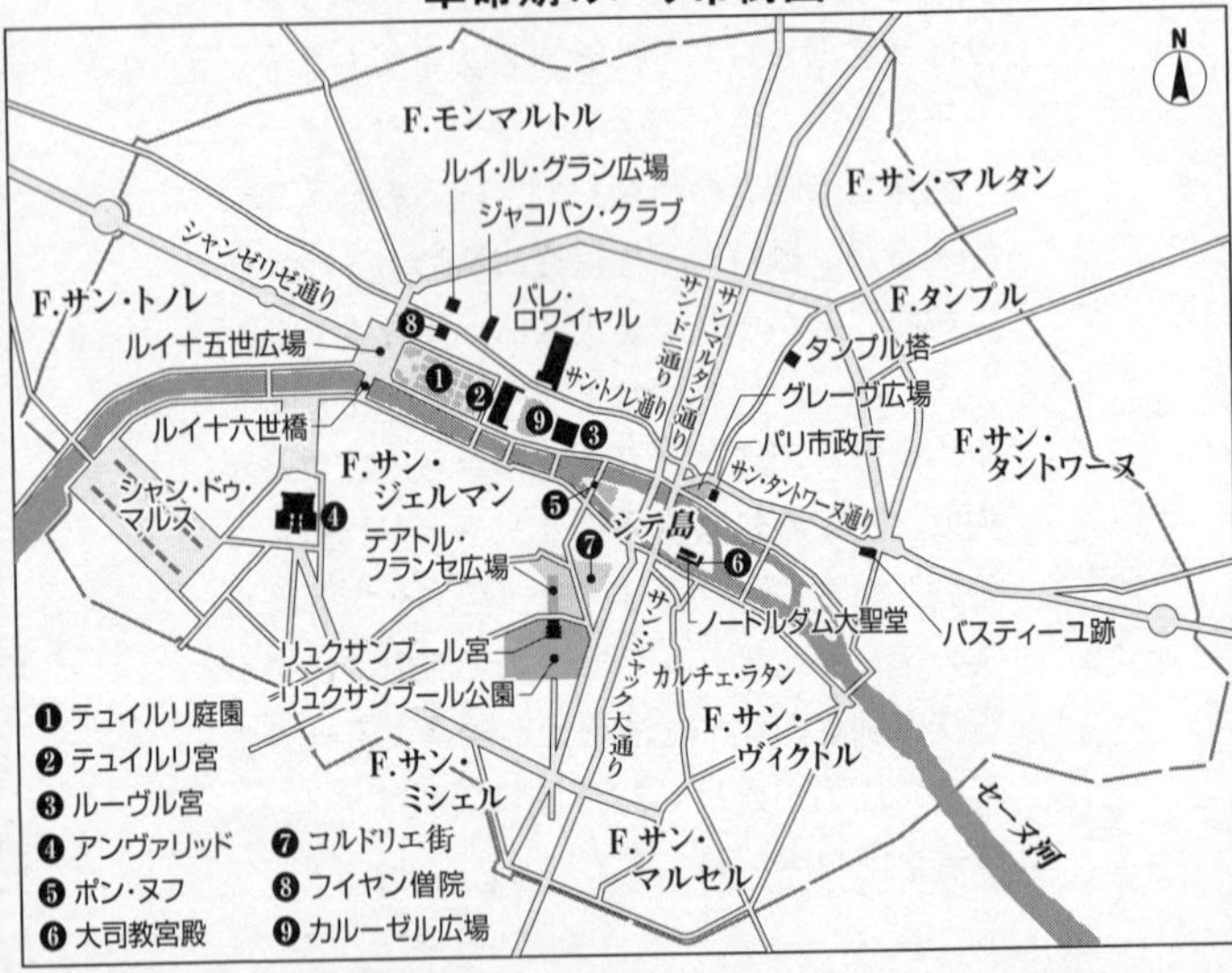

＊主要登場人物＊

ロベスピエール　ジャコバン・クラブ代表。弁護士
デムーラン　新聞発行人
ロラン　元工業監察官
ロラン夫人　ロランの妻。サロンを営む
ブリソ　立法議会議員。新聞発行人
ペティオン　パリ市長
ダントン　パリ市の第二助役。コルドリエ・クラブの顔役
マラ　新聞発行人。自称作家、発明家
ルイ十六世　フランス国王
マリー・アントワネット　フランス王妃
ナルボンヌ・ララ　伯爵であり、軍人。陸軍大臣
デュムーリエ　軍人。元シェルブール総督
タレイラン　元憲法制定国民議会議員。元司教
ラ・ファイエット　元国民衛兵隊司令官
ヴェルニョー　ジロンド県選出の立法議会議員
デュコ　ジロンド県選出の立法議会議員
ジャンソネ　ジロンド県選出の立法議会議員
サンテール　麦酒醸造会社社長。コルドリエ・クラブの活動家
ルジャンドル　肉屋。コルドリエ・クラブの活動家
オランプ・ドゥ・グージュ　女性活動家
テロワーニュ・ドゥ・メリクール　女性活動家
ミラボー　元憲法制定国民議会議員。1791年4月、42歳で病没

Liberté, que de crimes on commet en ton nom!

「自由よ、汝の名の下にいかに多くの罪がなされることか」
(1793年11月8日　刑場に送られるロラン夫人が吐いたとされる言葉)

ジロンド派の興亡

小説フランス革命10

1——女であること

世にいう「人権宣言」は、正しくは「人間と市民の権利に関する宣言」である。

その「人間《オム》」を「男性《オム》」と解釈して、不服を唱えた女がいた。一七九一年九月に「女性と女性市民の権利宣言」を発表した作家、オランプ・ドゥ・グージュである。

革命で貴族を廃したからといって、全ての平民が救われたわけではない。皆が等しく自由で平等な市民になれたわけでもない。権利を獲得したのは男だけではないか。かかる憤りを言葉にしながら、十七条から成る「女性と女性市民の権利宣言」では、男女の平等をはじめ、女性が政治参加する権利、女性が公職に就く権利等々と、女性の権利も別して確立されるべきとの主張が叫ばれている。

——けど、それじゃあ、駄目だわ。

お茶道具を調《ととの》えながら、マノン・ロランは思う。

新しい年が明けた一七九二年も、もう一月十日だった。昨年からの品薄で珈琲豆《コーヒーまめ》の値段が高騰《こうとう》しているという以前に、イギリス風の紅茶がおいしい季節である。思い立って、アジア産の茶葉も年代物を取り寄せたなら、荷解《にほど》きの手間が面倒でも、やはり出さずにいられないものがある。

盆に並べて湯を注《つ》ぎ、あらかじめ温めていた茶器は、全てがセーヴル焼の逸品だった。磁器特有の滑らかな肌ざわり。濃青、淡青、黄、緑と、色とりどりの華やかさ。わけても桃色の地に、白窓が金の縁どりで設けられ、そこに日本風の絵柄があしらわれている一揃《ひとそろ》いは、かねて自慢の逸品だった。

――貴族趣味と非難する向きもあるけれど……。

セーヴル焼は革命が起こる前に揃えたものだった。それをロラン夫人は今も手放す気になれなかった。

食器にこだわりを持つ女であれば、容易に手放せるわけがない。市場に出せば高値がつくからには、資産価値さえ論じられる。あるいは雅《みやび》やかなセーヴル焼こそ好きなのだと、それだけの話なのかもしれなかったが、かかる感情とて否定されるべきではないと、開きなおる気分もある。

――セーヴル窯《がま》はポンパドール侯爵夫人が開いたものだから。

侯爵夫人は先王ルイ十五世の寵姫《メトレス》である。

単に美貌《びぼう》に恵まれて、ただ王の情欲に応《こた》えたというだけではない。その揺るぎない地位をもって、文化振興、産業育成に辣腕《らつわん》をふるい、最後は国家の政治外交にまで大きな発言力を有したことでも知られている。まさに一級品の女だ。

このポンパドール侯爵夫人、その出自を辿《たど》れば、実は貴族の生まれではなかった。元々がジャンヌ・アントワネット・ポワソン、平民の娘にすぎない。それもパリ生まれのパリ娘《パリジェンヌ》だ。

——つまり、私と変わらない。

だから惹《ひ》かれるのかもしれない。どこかしら響き合うのかもしれない。そう思いを嚙《か》みしめるロラン夫人は、娘時代の名前をジャンヌ・マノン・フィリポンといった。

飾り職人から出発して、シテ島の大時計河岸《がし》に小さな宝石店を開くにいたった人物、ガシャン・フィィリポンの長女である。

かのポンパドール侯爵夫人はといえば、軍隊の糧秣《りょうまつ》調達を請け負う家の娘だった。自分の実家と比べれば、いくらかは裕福だったかもしれないが、それでも同じブルジョワのうちで、決定的に違うわけではない。

——だから、私にだって報われる権利はある。

マノン・ロランはそう考えずにはいられなかった。それは、ヴェルサイユで栄華を極めたポンパドール侯爵夫人だって、もとはパリ娘にすぎなかったんだと聞かされた子供の頃から、何度も心に繰り返してきた一種の信念でもあった。いや、なにがあろうと譲れないという意味では、むしろ信仰心に近かったかもしれない。

——いえ、根拠のない、ただの思いあがりではないわ。

ポンパドール侯爵夫人といえば、まずもって絶世の美女である。でなければ、どうやってても、パリ娘から成り上がれたわけがない。だからと鏡のなかの自分を飽かず検《あらた》めるというのも、マノン・ロランが子供の頃から繰り返してきた習慣だった。

——悪くはない、はず。

もうじき三十八回目の誕生日を迎えるが、まだ止《や》めることができない。茶器を調えながら、そのときもロラン夫人は食器棚の扉の硝子《ガラス》に薄《うっす》ら映る自分の姿を、執拗《しつよう》に値ぶみしないではおけなかった。

——平凡な顔……、どこも不細工な造り……。

それでも全体として眺めると、決して感じは悪くない。口は少し大きいし、反対に目は少し小さい。それでも笑顔を作れば、向日葵《ひまわり》さながらに朗らかな印象になる。瞳《ひとみ》は青だが、灰色がかってしまっている。それでも表情が生き生きとしているから、向き合う相手を魅了しないではおかない。先が丸い鼻となると、もう救いがたいようだが、これも斜め横から見せるなら、好感をぶち壊しにするほどではない。

——見せ方ひとつよ。

ぼんやり鏡を眺めるだけなら、男にだってできる。それが女であるならば、天与の美質を最大限に利用する術《すべ》を研究する。誰だって、そうだ。絶世の美女と謳《うた》われたポンパドール侯爵夫人だって、ああでもない、こうでもないと、鏡の前で様々に顎《あご》を動かし、最善の角度を研究したはずなのだ。

――それに若い頃だったら、肌の出来が完璧《かんぺき》だった。

さほど白くはなかったが、色艶《いろつや》は素晴らしかった。ふっくらしているほうだけに、赤みが差したときの愛らしさには、絶対の自信があった。

実際のところ、若かりしマノン・ロランの美貌は、大時計河岸では知らぬ者もないほどだった。文字通り御近所でも評判の美女というわけだ。が、そうした頃であっても、宮廷にまで轟《とどろ》き渡るとはいかなかった。王さまの目に留まるどころか、そのへんの自惚《うぬぼ》れ貴族にさえも食指を動かされた覚えがない。

かかる記憶を屈辱として思い起こせば、ロラン夫人は今も面白いわけではなかった。ほどほどの器量でしかないならば、やはり女は報われないのか。報われる権利があるなんて、やはり虚《むな》しい思いあがりにすぎないのか。

――いえ、ポンパドール侯爵夫人は才女だったわ。

産業振興の一環として、セーヴル窯を設立したのも、ひとつ。パリの外れのシャン・ドゥ・マルスには士官学校も設立した。ディドロやダランベールの『百科全書』を応援して、啓蒙《けいもう》思想の興隆も後押しした。ええ、そうなのよ。ちょっとやそっとの美貌に胡坐《あぐら》をかくのじゃなくて、きちんと中身を蓄えなくては、どんな女も報われないのよ。

――それは私も怠らなかった。

いいきるだけに、ロラン夫人は今も昔も無類の勉強家である。娘時代も御近所で評判の単なる美女というより、むしろ才媛《さいえん》をもって鳴らした。天文学、物理学、数学、化学、さらに歴史と読み漁《あさ》り、ヴォルテールやレナル、マブリといった現代の哲学者たちも無視しなかった。

なかんずく傾倒したのが、ルソーだった。今も熱心な信奉者を任じて憚《はばか》らないくらいだから、もちろん人間が生まれながらに有するべき諸々《もろもろ》の権利とその価値についても、とうの昔に開眼している。

――だから、オランプ・ドゥ・グージュが間違っているとはいわない。

報われる権利があるといいながら、女性の権利は確かに無視されている。革命前は無論のこと、革命が起きても変わらない。新しく権利を獲得したのは、確かに男性だけだ。いや、それも能動《アクティフ》市民、受動《パツシフ》市民と分けるなら、皆が獲得したことにはならない。金持ちだけが得をするような社会は奇妙だ、不正だ、愚劣だ。そうまで言葉を荒らげながら、左派の革命家たちは理想に燃えているつもりらしいが、かかる熱血漢の類《たぐい》も話が女性の権利となると、無視して捨てるどころか、ほとんど気づくことさえない。

――それは、おかしい。

このフランスには女も男と同じ数だけ生きている。あらかじめ世の半数を切り捨てた選挙を通して、国民の代表が真に選ばれるも選ばれないも、ないではないか。そうした不服はロラン夫人の心のなかでも、全く疼《うず》かないわけではなかったのだ。

――男なんて、どれだけ上等な生き物だというのかしら。

それほど偉いとは思えないと、それが才媛で鳴らした女の率直な気分だった。

いってみれば、男も貴族と同じなのだ。それは家庭内の貴族だ。政治的な貴族でないなら、文化的な貴族だ。ならば、企業家精神あふれるブルジョワに比べたとき、古臭い自意識しか持ちえない貴族など、少しも偉いと思えなかったのと変わらないではないか。柔軟な機知に恵まれた女と比べたとき、頑迷で融通の利かない男たちが、どれだけ優《すぐ》れているというのか。

持ち前の自尊心がロラン夫人に、ぶつぶついわせないではおかなかった。ところが、その同じ自尊心が他面では、常日頃からの不平に留保も設けさせた。

――私のように優れた女と比べられては、さすがの男たちだって……。

それは自分は特別なのだという矜持《きょうじ》、生まれつき凡百に秀でているのだという自負と、裏表の関係にある理屈だった。ええ、私ほどの女であれば、自分と対等と認められる男さえ、ほんの数えられるくらいにすぎない。それなのに、女に生まれたがために、否応《いやおう》なく下にみられる。それは他の大半の女たちが、どうしようもなく愚かで、取るに足らないからだ。

そんなことはない。仮にその通りだとしても、女たちを無知蒙昧《むちもうまい》のうちに押《お》し留《とど》めて、決して解放しようとしない政治が悪い、社会が悪い、なにより悪意に満ちた男たちが悪い。そうやって、我慢できずに叫んでしまったからこそ、オランプ・ドゥ・グージュも同じく愚かな女にすぎないのだ。

かねて評判の作家として、数多《あまた》の本を出し、また戯曲を書いてきた女であるからには、やはり才能に恵まれた生まれつきなのだろう。一緒に自尊心も肥大化して、どんな括《くく》りであろうと、自分を侮る向きを許せなくなったのだろう。わかる。わかる。それでもロラン夫人は、オランプ・ドゥ・グージュなどには同調できないのだ。

――だって、真正面から打ちかかって、一体なにができるというの。

それどころか、不満を口に出したら、女の負けよ。そんなの、馬鹿のすることよ。惜しいところまでいっているのに、オランプ、だから、あなたは死ぬまで一流の女にはなれないのよ。そう扱《こ》き下《お》ろすロラン夫人の評価は、実際の経過にも裏付けられるものだった。いくらか話題にはなりながら、それきりで「女性と女性市民の権利宣言」など誰も本気で取り上げようとはしなかった。

オランプ・ドゥ・グージュは恐らく、その一言一句にいたるまで精査したろう。まさに全身全霊を込めたに違いない。にもかかわらず、世の受け止め方はといえば、せいぜいが気の利いた冗談とか、人権宣言をもじった毒舌の風刺とか、それくらいに留まるのだ。あげくが、ゲラゲラ笑い飛ばすのが専《もっぱ》らなのだ。

——だから、口先だけでは駄目なのよ。

ちょうだいといったきり、誰かが権利を与えてくれるまで待つのでは、いつまでたっても報われない。自ら手に入れるため、女も果敢に行動しなければならない。そういわんばかりの、テロワーニュ・ドゥ・メリクールという活動家もいた。

ぴっちりした乗馬服に身を包み、くびれが目立つ腰に短銃と剣を括りつける男装で知られた麗人は、一七八九年十月のヴェルサイユ行進、つまりはパリの御上《おかみ》さん連中がヴェルサイユ宮殿まで行進して、あげくに国王一家を一緒にパリまで連れてきたという有名な顚末《てんまつ》の、指導者なのだといわれていた。

いや、指導者だったというのは自称で、実際は群集に紛れていただけだ。いやいや、本当はヴェルサイユに行くことすらしていない。立役者というのは全くの嘘《うそ》なのだ。そう暴露する声もないではないながら、テロワーニュ・ドゥ・メリクールがパリで出色の存在感を誇る事実は紛れもなかった。

やはり女の権利を叫びながら、革命勃発《ぼっぱつ》直後からパレ・ロワイヤルで、あるいは招かれたコルドリエ・クラブで、幾度も立派な演説をなしたという。話題にもなったらしく、それが証拠に過激派の筆頭とみなされて、どういうわけだか王党派の恨みを買った。その迫害を逃れるため、一七九〇年の初めにはパリを離れなければならなくなった。テロワーニュはオーストリア領ベルギーまで進んだが、そこで当局に逮捕され、ウィーンに移送された。フランスの王党派から逃れたつもりが、かえってレオポルト二世の面前に引き出される羽目になったわけだが、そのオーストリア皇帝が鷹揚《おうよう》なところをみせたのだ。

特別に釈放されて、九一年にはフランスに戻ることができた。してみると、テロワーニュはアンシャン・レジーム（旧体制）の迫害を忍んだ女ながらの英雄として、パリ中で持《も》て囃《はや》される立場になっていた。

同年二月一日にはジャコバン・クラブにも迎えられ、その演壇で波乱の数年を報告している。かねて親交のあったダントンやマラ、デムーランのみならず、ロベスピエールやペティオン、さらにデュポール、ラメット、バルナーヴの三頭派にまで、手放しの讃《さん》辞《じ》を捧《ささ》げられたと伝えられる。

あげくに女性の権利を叫べば、確かに耳を傾けられる。なるほど、果敢に行動することは無駄ではない。

――だからといって、ジャコバン・クラブの会員になれたかしら。

答えは、もちろん否《ノン》である。テロワーニュは調子づいて入会を申し込んだが、ジャコバン・クラブのほうが規則で認められていないからと、あっさり断ってきたのだ。

会費なら払えると申し立てても、土台が女には政治参加の権利がない。能動市民どころか、受動市民にさえなれない。つまりは、ひとつも報われない。

2——結婚すること

ロラン夫人は湯を捨てた。銅貨くらいの泡が出るまで、また湯を沸騰《ふっとう》させてと台所に命じてから、手を伸ばしたのが茶葉を収めた缶だった。
もう茶器は温まった。セイロン茶は葉が細かい。匙《さじ》にすりきりが一人分で、多すぎると渋みが強く出てしまう。はりきって、なかでもウバ茶を選んだなら、いっそう加減が大切になってくる。が、それさえ上手に整えられれば、あとは空気をたっぷり含んだ熱湯を、一気に注ぎこむだけだ。

——一気に……。

めげないテロワーニュ・ドゥ・メリクールは、目下はフォーブール・サン・タントワーヌ街に場所を借りて、女たちの勉強会を主宰していた。
読書、討論、社会運動を通じて、フランス女性の権利意識を高めたい、ゆくゆくは政治クラブに発展させたいと、そういうことらしい。

目のつけどころは悪くないと、これまたロラン夫人は全否定するではなかった。ええ、それこそが問題なのだから。

大半の女が馬鹿なのでは、利口者がひとりやふたり奮闘しても、全ては水の泡になる。大半の女が賢くなり、馬鹿な例外を自ら叱責《しっせき》するようにならないならば、社会全体が変わっていくわけがない。

――けれど、いつになったら報われるの。

一年や二年で変わるはずがない。十年、二十年と続ければ、あるいは注目を浴びる機会もあるかもしれない。もしや百年もたてば、ほとんど全ての女が賢くなるのかもしれない。けれど、そんな悠長な話には乗れない。悪いけれど、私は待てない。

やはり割り引かざるをえないロラン夫人であるならば、その種の運動ということでなく、テロワーニュ・ドゥ・メリクール自身についての評価となると、いっそう辛《から》くならざるをえなかった。

実情から先にいえば、オランプ・ドゥ・グージュと同じに、やはり相手にされていなかった。亭主や子供を放り出して何が権利だ。女房ときたら上等になるどころか、手がつけられないくらい生意気になっただけじゃないか。そんな風に罵《のの》られながら、むしろ世の反感を買うばかりなのは、男どもの頭が固いせいだとも決めつけられない。

毒虫がひっそり隠れ暮らすなら、それも一種の必要悪と見逃しもするものを、こうまで大っぴらに害毒を流すとなると、もう容赦するわけにはいかない。そうまで扱《こ》き下《お》ろされながら、テロワーニュには敵意すら向けられるのは他でもない。

「どんな偉そうなこといったって、要するに淫売《いんばい》あがりじゃねえか」

いわれれば反論もないくらい、テロワーニュ・ドゥ・メリクールの前半生は、確かに後ろ暗いものだった。

決して貧しい生まれではなかったらしい。が、早くに家出してしまい、それからは天与の美貌《びぼう》を武器にして、愛人から愛人へと男を渡り歩くような歳月だった。パリに暮らせば、トゥールノン街に立派な屋敷を構えているが、それも某貴族に数年も囲われた賜物《たまもの》なのだとされている。

――それじゃあ、女は認められない。

と、ロラン夫人は思う。現状で恵まれない性であるなら、自力で立つことなどできない。どのみち男に頼るしかないならば、ないほどに正道から外れることは許されない。

――まずは結婚することよ。

この革命の時代にあっては、あるいは古風な考え方なのかもしれない。オランプやテロワーニュなら、あまりにアンシャン・レジーム的な発想だとか、人間としての権利を放棄する愚行だとか、まだしも寵姫《ちょうき》で通したポンパドール侯爵夫人のほうが新しいくらいだとか、さんざの非難を寄せるのかもしれない。

自他ともに認める才媛《さいえん》であれば、そうした非難も予想できないではないながら、それでもロラン夫人は譲ろうとは思わなかった。

――だって、いちばん簡単に地位が得られる方法だもの。

権利はなくても、結婚すれば地位が得られる。地位がないなら、額面ばかりの権利があっても仕方ない。それがロラン夫人の見極めだった。

当世の空気を読むならば、まだまだ女は目立つことが許されない。大半の女が救いがたく愚かなせいで、世の偏見は容易なことでは拭《ぬぐ》いがたく、できる女までが家庭のうちに留《とど》まっていなければならないのだ。

少なくとも表だって動いているようにみえてはならない。内気で貞淑な妻、それが理想だ。堅実で賢い母親とまでみなされれば、人生に勝利したも同然だ。そうであってこそ、はじめて認められるからだ。

ときには尊敬までされる。少なくとも、蔑《ないがし》ろにはされなくなる。

――でなくたって、私はロラン夫人と呼ばれることが好きだわ。

マノン・フィリポンと、娘時代の名前を使い続けなければならなかったら、それこそ屈辱的な話だ。ちらと想像してみるだけで、ぞっとするくらいの不幸だ。女は名前が変わらなければ、一人前とはいえないのだ。優越感さえ覚えて、ぶれないロラン夫人にいわせるならば、結婚とは必ずしも女が男に従属する形ではなかった。

──それが証拠に、ほら、私を御覧なさい。

硝子《ガラス》が鳴る音がした。振り向くと、部屋の扉が開いていた。大きく後退した額と後ろに撫《な》でつけた白毛、ぐんと突き出た三角の大鼻と、削《そ》ぎ落としたように痩《や》せた頬《ほお》の横顔で、なかを覗《のぞ》きこんでいた男が他でもない。

ジャン・マリー・ロラン・ドゥ・ラ・プラティエール、つまりはマノン・ロランの正しい夫である。

今年で五十八歳、すでに老人と呼ばれてもおかしくない年齢であり、また相応に老けた印象の男である。暗い色が勝つような装いは地味だったし、黒の上着と灰色の内着の組み合わせは、救いがたく野暮でもあった。もう少し若い頃でも変わらなかったから、あるいは老けたというよりも冴《さ》えないというべきなのかもしれなかった。

──やはり、悪くない夫だ。

心からの笑顔で迎えて、ロラン夫人は本気だった。悪くないという形容は、夫という男につければ、まさに最高だという讃辞なのだ。ああ、これくらいが、ちょうどよい。間違いなく有能でありながら、瞠目《どうもく》するほどの異能は持ちあわせない。自意識過剰に陥って、おかしな勘違いをしないから、これくらいが理想なのだ。実際のところ、このロランと結婚していなければ、私の人生は拓《ひら》かれなかった。

晴れてロラン夫人となったとき、もうマノン・フィリポンは二十六歳を数えていた。昨今は昔ほど早くは嫁がなくなったとはいえ、それでも完全な行き遅れである。

いくら腕が良くても、靴職人の嫁では不服だ。多少のお金が自由になっても、小売店の女房じゃあやりきれない。そうやって選《え》り好《ごの》みしながら、一時は特権身分に憧《あこが》れて、相手が貴族でなければ結婚しないとも公言した。

今でこそ幸いにしてと思えるが、当時としては不幸にも、その貴族のお眼鏡《めがね》にはかなわなかった。行き遅れたあげくに、亡くなった母親のかわりに、父親の宝石店を切り盛りする立場になり、二十六歳の女にして、もはや所帯じみようとした矢先のことだった。

ロランが求婚してくれた。「ドゥ・ラ・プラティエール」の名前が期待させたような貴族ではなかったが、工業監察官という役人の肩書がついていた。国家の俸給があり、それを元手に豊かな地所も買い入れていた。まさに申し分のないブルジョワだった。

さほどの野心は感じられなかったが、そのかわりに知識欲は旺盛《おうせい》だった。役人とはいいながら、学者肌の人物であり、いくつか論文も著しているということだった。

まさにルソーを読んだ甲斐《かい》がある。知的な会話で応《こた》えられる自分だったからこそ、ロランは求婚してくれたのだと思えば、そんなもの何になるのと女友達からは馬鹿にされた積年の勉強が、これで無駄にならないとも思えた。

マノン・フィリポンは縁談を受けることに決めた。

――あげくに幸福をつかんだのよ。

ロランは順調に出世してくれた。ウドールという娘にも恵まれたが、もっともっと欲張るような夫でなかったことも、ロラン夫人に我が選択の正しさを確信させた。

いや、仮に小さな不満だとか、やるせない後悔を覚えることがあったとしても、こうしてセーヴル焼の茶器を揃《そろ》えられるのは、この男と結婚したおかげじゃないかと思えば、すぐに打ち消すことができる。

ああ、大きな屋敷に暮らせている。何人もの召使いを雇っている。外出するとなれば、自家用の馬車を使うこともできる。私の結婚は成功だったと、ロラン夫人には絶対の自信があった。

――そのかわり、革命には出遅れることになったけれど……。

一七八九年にパリで革命が勃発《ぼっぱつ》したとき、ロランは州の工業監察官として、ローヌ・ソーヌ河畔の都市リヨンに赴任していた。

ロラン夫人も当然、南フランスまで同道していた。結婚で地位を獲得した女であれば、ひとり勝手にパリに留まるわけにはいかなかった。自分が生まれて育った王国一の大都会では、自由だの、平等だの、あるいは生まれながら人間に与えられる人権だのと言葉が飛び交い、自分が青春時代を注いだ勉強が今こそ役に立たんとしていても、である。

もちろん、リヨンでも市民社会の理想を唱えた。諸々の原理原則を先んじて実践しているアメリカについても、大いに語った。あげくに共和主義の理想も叫んでみたが、してみると、たちまち過激派とみなされて、周囲に白眼視されてしまった。

――やはり、田舎《いなか》は駄目だ。

リヨンくらいの都市でも駄目だ。パリでなら生かせるものが生きないのだ。

無念は、それだけではなかった。自分が南フランスで鬱々《うつうつ》としている間に、オランプ・ドゥ・グージュだの、テロワーニュ・ドゥ・メリクールだの、所詮《しょせん》は二流三流でしかない輩《やから》に、新時代を代表する女であるかの顔をされてしまった。

そうじゃない。そうじゃない。あんなんじゃあ、かえって女が報われなくなるだけよ。報われて然《しか》るべき女までが、不本意な人生を余儀なくされてしまうだけよ。懸命に否定しながら、それでもロラン夫人は先んじられた悔しさは自覚していた。

――けれど、取り戻せないわけじゃない。

一七九一年二月、ロランはリヨン市当局に任務を託され、憲法制定国民議会に派遣されることになった。ロラン夫人には久方ぶりのパリになった。

そうこうするうちに、革命が断行した国政改革の波を受けて、工業監察官のポストが廃止された。ロランは失職した。もうリヨンに留まる理由はなくなった。といって、パリに長居する理由もない。

歳《とし》も歳だし、これを機に隠居して、地所に下がる。それがロランの意向だったが、夫を翻意させることくらい、ロラン夫人にとっては真実、造作もなかった。

——だから、悪くない夫だという。

ポストは廃止されたが、工業監察官の職には年金がつくことになった。その手続きのために、パリに逗留《とうりゅう》せざるをえなくなるや、そのまま都に留まるよう、ここぞとばかりロラン夫人は説いたのだ。

いったんリヨンに戻り、荷物をまとめて、いよいよ本格的な引越となる間に、ロランには、あなたならばと持ち上げて、革命参加の意欲まで抱《いだ》かせた。

結局のところ、夫という男には、これくらいの優柔不断が丁度よいのだ。自ら政治に乗り出すような手合いでも、あるいは我関せずと背を向けるような輩《やから》でも、こうまで上手《うま》くは運ばなかったに違いないのだ。

——だから、これからは私の番だわ。

ロラン夫人は胸奥に自負の言葉を繰り返した。それが証拠に、ほら、私を御覧なさい。つかつかと歩みを寄せると、ロランはこちらの耳元に囁《ささや》いた。

「そろそろ、みえられたようだよ」

3──サロン

ロラン夫人には手に取るようにわかった。窓辺に顔を寄せながら、ロランは暗くなりつつある界隈《かいわい》を、じっと眺めていたのだろう。

その手の退屈な行為をしていても、あまり飽きるということのない夫だった。が、それで鈍いというわけではない。頭も身体《からだ》も働きは、むしろ機敏なほうだ。

こちらに告げるや、ロランは下階の玄関に下りていった。ほぼ時を同じくして、呼び鈴も音を届けた。やはり客が訪れた。それも一人や二人ではないはずだ。

「いらっしゃい。ああ、ムッシュー、よくぞみえられた」

主人のロランに迎えられ、下男に帽子と外套《がいとう》を預ければ、もう廊下でガヤガヤとやりながら、奥にあるこの応接間まで進んでくる。もちろんロラン夫人も自信の笑顔で、その全員を快く受け入れるつもりである。

パリに出るや、ロラン夫妻はポン・ヌフにほど近い左岸のゲネゴー通りにある英国《ブリタニク》館を住まいと決めた。旅館だが、その数室を借り切りにして、長逗留《ながとうりゅう》を決めたのは他でもない。

ロラン夫人はサロンを営んでいた。リヨンからパリに戻り、あらためて家具調度を調《ととの》え、下男下女から料理人の類《たぐい》まで雇い入れる手間が惜しいとなれば、いくらか不経済であろうと、旅館を流用するしか手はなかったのだ。

出遅れた分を取り返さなければならない。その一心で急いだ賜物《たまもの》で、一七九一年二月に移り住んで、まだ一年もたたないというのに、もうロラン夫人のサロンには、常連として錚々《そうそう》たる顔ぶれが揃《そろ》っていた。

「いや、こちらとしては顔を潰《つぶ》された気分だよ」

近づくガヤガヤが、だんだん言葉として聞き分けられるようになった。あれは本当に痛かった。やる気なのは、向こうのほうだ。フランスは受けて立つだけだ。かねて私は、そう繰り返してきたわけだからね。

「トリア大司教が領内の亡命貴族どもに解兵を命じるとは、いや、本当に誤算だった」

「まったくだよ。ようやく開戦に漕《こ》ぎつけられるかと思いきや、これで振り出しに戻ってしまったね」

「まさに振り出し、なにせトリア大司教が自分の意志で亡命貴族どもを追放したわけじゃないんだからな。解兵を命令したのが、皇帝レオポルトだというんだからな」

「やはりというか、オーストリアには戦争を始めるつもりがないようだ」

「ううん、そうとも決めつけられまいが、いずれにせよ、これで我々の論理は破綻《はたん》した。議会工作上の後退だけは、うん、私も認めざるをえない」

唸《うな》りながら、応接間に歩を進めた細面の人物は、ジャック・ピエール・ブリソだった。いわずと知れた立法議会議員、今や議場を席捲《せっけん》する勢いを示している、あの論客ブリソである。

「こんばんは、ロラン夫人。今宵《こよい》もお美しくておられる」

こちらも劣らずとってつけたような世辞を返して、砕けた空気を作り出せないわけではなかった。が、接吻《せっぷん》を受けるために手の甲を差し出すと、ロラン夫人は微笑ひとつで流した。ブリソとは数年来の付き合いだったからだ。

かねてロラン夫人は進歩派として、このパリの論客と文通を続けていた。刊行の『フランスの愛国者』紙に投稿論文が掲載されたこともある。パリに上京して、サロンを開いて、そこに政界の名士を揃えたいと思うにあたり、最初のあてがブリソだったともいえる。

本当はミラボーあたりに渡りをつけてもらいたかったが、「革命のライオン」で知られた議会随一の雄弁家は早々に亡くなってしまった。かわりというか、ブリソ自身が偉くなった。ジャコバン・クラブで頭角を現すようになり、いよいよ自ら立法議会に席を占めたかと思うや、この大活躍なのだ。

「いや、ロラン夫人、この私にもいわせてください。いつまでも美しい、あなたときたら、まさしく枯れざる大輪の花だ。我が町に生まれ、我が町に咲き続け、ゆえに我が町の誇りだ」

ブリソの会話を受けながら入室してきて、世辞まで長々と続けた男は、その論客にシャルトルの同郷なのだと紹介されたときは、貧相な青年にすぎなかった。パリを我が町と呼ぶというのは、今や首都の市長だからだが、一緒に食べ物もよくなったのか、最近なんだか丸々太り始めている。

「つまりは、向こうがやるから、こちらもやらなければならないという論理だね。なるほど、トリア大司教に突きつけた最後通牒《さいごつうちょう》からして、そういう内容だったからね」

ブリソに向き直ると、ペティオンは廊下での議論を応接間でも再開した。もちろん、ロラン夫人はついていけないわけではない。

ブリソは立法議会の外交委員会の一員、というより、その指導者格である。その立場から主戦論を展開している。これが容易に実らない形勢になっていた。

昨年十二月十四日にはトリア大司教選帝侯に最後通牒が突きつけられ、二十七日にはロシャンボー、リュクネール両将軍に、新たに元帥杖《げんすいじょう》を贈ると同時に国境地帯への派遣が申し伝えられ、三十一日の議会では皇帝レオポルト二世の好戦的な書信まで読まれたからには、一時は開戦前夜の空気さえ流れた。が、その緊迫感も年が明けるや、俄《にわ》かに弛《ゆる》んでしまったのだ。

トリア大司教が領内の亡命者集会を解散させたのは、一七九二年一月六日の処断だった。ほぼ同時にパリに届けられたのが、オーストリアの皇帝レオポルト二世が認《したた》めた、十二月二十一日付書信だった。再び議会で読み上げられたことには、大司教選帝侯には宰相カウニッツの助言に基づいて、皇帝自身が解兵の圧力をかけたのだと。

「かくなるうえは、やはりというか、ブリソ、もう君の意見を押し通すしかあるまい。ああ、オーストリアに直《じか》に宣戦布告するしかあるまい」

ペティオンが言葉を重ねていた。大司教選帝侯には確かに解兵の処置は取らせたけれど、皇帝自身はピルニッツ宣言の撤回を断固拒絶したわけだからね。同じ書信で、トリアがフランスに攻撃されれば、すぐさま救援に赴くとも脅しつけてきたわけだからね。アルザス・ロレーヌ地方においては万策尽きて、ドイツ系領主の利権を守り通してやると、かねてからの強硬姿勢も変わらないわけだしね。

「ああ、明日の議会で繰り返してみるとよい」

ということは、それが今日一月十日の議題だったか。そうロラン夫人が読めたのは、面々がゲネゴー通りに来るのは議会が閉会した後と、いつも決まっていたからである。

流れとしては、簡単な夕食を取りがてら、このサロンで時間を潰してから、あらためてジャコバン・クラブに出かけていく。

「しかし、気が重い。ジャコバン・クラブに行けば、あの小男の正義面《せいぎづら》を、またぞろ拝まなければならんというんだからな」

そう受けたブリソは、本当に苦いものを嚙《か》むような表情だった。いくらか済まなさそうな表情で、ひとつ肩を竦《すく》めてみせてから、ペティオンは確かめた。ロベスピエールのことをいっているのかい。

「実に真面目《まじめ》な男なんだが、ときに真面目がすぎるというか、絶対にあきらめないというか……」

「反戦、反戦の一本調子で、単純にしつこいんだよ、ロベスピエールという男は」

「うん、まあ、最近の様子となると、確かにそんな印象が否めないね」

「増長してるんですよ、近頃のロベスピエール氏は」

ああ、こんばんは、ロラン夫人。議論に割りこみながら、直後に挨拶《あいさつ》の言葉も挟むという、いくらか尊大といおうか、さもなくば軽薄な感じがある紳士だった。名前をピエール・ヴィクトゥルニアン・ヴェルニョーといい、ボルドーから来た人物であれば、それも港町の呼吸ということかもしれない。

南フランスの出身らしい、目鼻がはっきりした美男の相貌《そうぼう》も、太眉《ふとまゆ》がくっきり黒い弧を描くほど桃色の鬘《かつら》が似合わず、やはり気が利かない印象になっていた。

「ああ、ロベスピエール氏ときたら、今やジャコバン・クラブの帝王気取りだ。なんでも言いたい放題なんだ」

「帝王気取りというか、むしろ議論に遠慮は要《い》らないというのが、あの男の持論なので
……」

「ペティオン市長、なんだか随分ロベスピエールの肩を持ちますね」

後ろから割りこんだのは、ヴェルニョーと並んで進んできた男で、こちらは名前をジャン・フランソワ・デュコという。地毛を横わけにして撫《な》でつけた、当世風の洒落者だ。

サロンの古株として、ブリソやペティオンが連れてきた新顔は、ヴェルニョー、デュコ、二人ともにジロンド県選出の議員だった。ために一派はブリソ派でないならば、ジロンド派と呼ばれるようになっていたが、一緒くたにできないとすれば、このへんの人間関係の温度差であるようだった。

ペティオンのほうは、ちょっと困った顔になっていた。ロベスピエールとは一七八九年の革命勃発《ぼっぱつ》から二年以上もの間、ずっと左派の盟友をもって任じてきた。そのため、こちらは主戦派、あちらは反戦派と、今や立場を異にしていながら、ヴェルニョーやデュコは無論のこと、ブリソのようにも割り切れない。

「ロベスピエールさんのことは、悪くいわないでくださいませ」

ロラン夫人は声に出した。なるだけ朗らかな風を心がけて、ここぞという思いだった。

というのも、私、前から憎からず思っていましたのよ。

「ええ、そうですわ。ロベスピエールさんのこと、実は密《ひそ》かにお慕いしておりました」

そう続けると、それまで眉間《みけん》に皺《しわ》を寄せていた面々が、ぷっと一斉に噴き出した。そのまま愉快な哄笑《こうしょう》にもなったが、収めて最初に言葉を返したのが、なかなか頭の回転が速いというデュコだった。いや、ロラン夫人、まったく冗談きついなあ。

「あんな、がちがちの石頭を、どうやったら憎からず思えるのです」

「あら、可愛《かわい》らしいでしょう、ロベスピエールさんは」

「ですから、どこが」

「お顔が。小柄でもいらっしゃるから、なんだか寄宿学校《コレージュ》の学生さんみたいで」

そう返すと、いよいよデュコは爆笑の体《てい》になった。失笑という感じながら、ブリソも相好《そうごう》を崩している。真顔を取り戻したままなのは、ペティオンひとりである。その意味を察すればこそ、ロラン夫人は朗らかな風を続けた。

「さあさ、皆さん、とにかく、奥のほうへ」

ブリソ、ヴェルニョー、デュコと部屋奥に流してやりながら、ロラン夫人はこちらも察して遅れたペティオンに、小さな声で質《ただ》した。

「ロベスピエールさんは？」

「やはり、断られたよ」

ペティオンに二重顎《にじゅうあご》を揺すられて、ロラン夫人は唇を嚙んだ。

4――多士済々

憎からず思うというのは、まるきりの嘘《うそ》ではなかった。

反戦論を唱えれば、唱えたきりで聞く耳も持たない頑《かたく》ななロベスピエールは、確かに腹立たしい男である。意志が固いといえば結構な話になるが、こうまで融通が利かないようでは、そのうち通用しなくなるだろうとも思う。

――ロベスピエールは特に才能に恵まれているわけでもない。

それがロラン夫人の見立てだった。頭は良いが、飛びぬけて良いわけではない。機をみるに敏でもなく、手練手管で人心を操れるでもなく、指導者のカリスマ性を備えているでもないならば、政治力という点でも傑出したものは見出《みいだ》せない。

――それでも、なぜだか無視できない。

というより、無視してはならない気がする。敵に回しては厄介だ。できることなら懐柔して、うまく味方につけるに越したことはない。そう警告を発しているのは勘、それも女の勘としかいいようのない第六感の働きであり、であるからには考えすぎと自嘲《じちょう》しながら、やはりロラン夫人は容易に放念できずにいた。

「ロベスピエールには、うちの助役たちからも声をかけてもらったんだが……」

ペティオンが続けていた。助役たちというのは、パリ市の第一助役マヌエルと第二助役ダントンのことなのだと、それは考えるまでもなかった。

二人とも、ちょうど応接間に顔を出したところだった。ほんの一瞬でしかないながら、ダントンとは目も合った。

「さあ、奥に進みましょう」

ペティオンに促すが早いか、ロラン夫人はスタスタと先を急いだ。

ダントンの分厚い唇が今にも動き出しそうだった。なにごとか自分に話しかけるつもりなのだと、刹那《せつな》ロラン夫人は疑うこともしなかった。だから、大急ぎで逃げ出した。

――馴《な》れ馴《な》れしい。

嫌らしいとさえ、ダントンについては思う。

ロベスピエールとは違う。ダントンは有能な男だと、それは認めるにやぶさかでなかった。頭が切れる。行動力がある。頭のてっぺんから足の爪先《つまさき》まで、全身が説得力の塊《かたまり》のような男でもある。

具体的な経歴に目を向けても、コルドリエ・クラブの実質的な指導者だった。ジャコバン・クラブとも人脈が太い。それ以前にパリの大衆を動員することにかけては、すでに右に出る者もない。

迫力満点の大男は最近、それをカリスマ性に高めつつある。人気のほども今の時点で、もうパリ市長ペティオンに勝るとも劣らないくらいだ。かのラ・ファイエットに土をつけた選挙戦の勝利は、半ばダントンの功績といって間違いでないほどなのだ。

――まさに大器。

だから、受け入れなければならない。遠ざけては、危険にすぎる。重々承知しているからこそ、ロラン夫人も拒絶したりはしないのだが、やはり好きな男ではないのだ。

――ダントンは粗野にすぎる。

法曹出身というからには知識人であるはずなのに、教養が自《おの》ずと醸し出すはずの風雅に欠ける。異性としては、むしろ魅力的と解する女も多かろうと思うかたわら、欲望が丸裸で歩いているようなこの手合いは、こちらが生理的に苦手なのである。

「もうジャコバン・クラブになんか行かないぞ」

応接間の奥では、ヴェルニョーが続けていた。ブリソとペティオンは黙して聞くのみだったが、それだけに軽々しい印象でデュコが答えた。ああ、ジャコバン・クラブで議論しても、得るものなんかないからな。ロベスピエールの馬鹿は、なにをいっても聞かないんだからな。

「ああ、本当に嫌だ。土台がジャコバン・クラブに愛着があるでなし」

「それはデュコのいう通りだな」

受けて、ヴェルニョーも止《や》めなかった。少なくともパリ本部にはない。ボルドー支部には相応の思い入れがあるけれど、あのサン・トノレ通りの古ぼけた僧院にはない。

「というのも、ロラン夫人、我々はパリ上京がほんの数カ月前の話なんです」

「立法議会の議員に選ばれての上京でいらしたものねえ」

「ジャコバン僧院で苦闘を重ねられてきた、ブリソさんやペティオンさんには悪いけれど、やはり私たちは……」

「理解してくださっていますよ、御両名とも。それに悪いという筋の話でもないと思いますよ」

「ロラン夫人にそう仰《おつしや》ってもらうと、先を続けやすいんですが、ええ、私もヴェルニョーに同感です。今夜だって、本当に行かないつもりですよ、ジャコバン・クラブになんか」

デュコがまとめて、その態度自体はいい大人が子供じみていると思う。けれど、あえて口を挟んで、窘《たしな》めるつもりはなかった。

むしろ母親がするように、よしよしと男たちの頭を撫《な》でて、褒めてあげたい気分がある。ええ、ジャコバン・クラブになんか行くことはありません。集まるなら、私のサロンに集まりなさい。この私を囲みながら、みんな仲よくすればよいのです。

「できれば、私もそうしたいさ」

いよいよブリソが始めていた。ああ、ジャコバン・クラブになんか行きたくない。ロベスピエールと話して、実りがあるとも思わない。

「しかし、情勢は悪化しているのだ。トリア大司教に続いてオーストリア皇帝までがああいう出方をしたとなれば、今こそロベスピエールの反戦論が勢いづく。それを放置しておくわけにはいかないのだ。私たちがジャコバン・クラブに現れないのをよいことに、好き放題に語られたあげく、おかしな世論を練られてはたまらないのだ」

「もっともな御懸念ですわ。ええ、それは困りましたわね、ブリソさん」

「その通り。それは奥のいう通りなのですが、ブリソさん、ひとまず寛《くつろ》がれては如何《いかが》か」

ロランが玄関から引き返してきた。さほど気が利いているわけではなかったが、不思議と不愉快にはならなかった。土台の印象が薄いからで、これも夫の美点のひとつだろうと、ロラン夫人は前向きに評価していた。

「いや、ヴェルニョーさんも、デュコさんも、とりあえず椅子《いす》をどうぞ。ああ、ペティオン市長も、そんなところに立っておられず。いやあ、ダントン君、最近なんだか君の噂《うわさ》ばかり聞くぞ」

いちいちの手ぶりで、ロランが続けていた。なんとも不器用な振る舞いだったが、それまた嫌みになるわけではない。

さておき、あれこれ点数をつけている場合ではなかった。そこは夫婦の呼吸であり、その間になすべき仕事を、ロラン夫人はロラン夫人で心得ていた。客人に寛いでもらうため、こちらはお茶を淹《い》れなければならないのだ。いよいよ自慢のセーヴル焼を、卓に並べなければならないのだ。

客を分けないカフェでなく、人士を厳選しているサロンであり、しかもイギリス風の教養を嗜《たしな》んだ人士も少なくなければ、やはり出すべきは紅茶だった。ただ乾燥した茶葉が湯を浴びて、程よく開いてくれるまで、いくらか時間がかかる憾《うら》みはある。

――およそ二分。

ロラン夫人はいよいよ熱湯をポットに注いだ。またしても機敏な動きで近づくと、ロランは再びこちらの耳元に囁《ささや》いた。

「それじゃあ、そろそろ私は、あちらを連れてくることにするよ」

ロラン夫人は無言で頷《うなず》いた。

実をいえば、ブリタニク館の別室に、また別な客人を待たせていた。茶を給仕している間に、その面々を呼びにいくとロランは告げたわけだが、憎いばかりに心得ている夫の働きぶりに目を細めるほど、自信は深まるばかりだった。ああ、このサロンで十分なのだ。ジャコバン・クラブなどには行く必要がないのだ。

「ですから、皆さん、とにかくお茶になさってください。フランスのために活発な議論をなさるためにも、いったんは神経をお休めになることですよ。でなくては、私、皆さんに新しい友人を紹介する気にもなれませんわ」

かちゃかちゃ茶器が鳴り始めた応接間に、ロラン夫人は何げない明るさで言葉を投げた。実際、もったいつけたような印象にはならなかったはずだ。聞き咎《とが》めて確かめてきたのも、万事に軽々しい感じがするデュコなのだ。

「で、ロラン夫人、その新しい友人と仰るのは……」

ほぼ同時に戸口の金具の音が鳴った。が、部屋のほうでガヤガヤと喋《しゃべ》り続ける、声の重なりのほうが厚いため、その微《かす》かな金属音を聞いた者は少数にすぎなかった。にもかかわらず、なのだ。

ロランの招きに応じて、その二人が戸口に姿を現すと、応接間の隅まで瞬時に静まりかえった。

5――政界再編

――まさに空気が一変する。

二人の男は二人ながら、茫洋《ぼうよう》たる光に包まれているかにみえた。勘違いにすぎないと自分に言い聞かせるほどに、今度は別な種類の人間なのだと思えてくる。二人とも数名ずつ御付《おつ》きを連れていたが、はっきり御付きとわからせて、その印象を消し去りながら、大切なのは二人だけだと取り違えも許さない。

――これが貴族……。

古いばかりの血の力を認めさせられる気分は、ロラン夫人にとっても苦いものだった。革命前の話ながら、貴族に憧《あこが》れたことがあるからだ。貴族の男でなければ結婚したくないとも高望みして、あげくに行き遅れてしまったのだ。

――けれど、もう私は結婚している。

きちんと地位を得てみれば、今や貴族も平民もない時代だ。才覚さえあれば、誰もが報われる時代が来たのだ。そう思い返しながら、ロラン夫人は一緒に気概も取り戻した。だから、利用できるものは、なんでも利用するわ。貴族の出かどうかなんて、なにほどの問題でもないわ。

——目的のためならば、私は悪魔でも利用する。

二人の貴族のうち、ひとりは床を滑るような動きで歩を進めた。が、もうひとりは左右の肩を大袈裟《おおげさ》に上下《は》させて、世辞にも美しい歩き方ではなかった。右足に装具を嵌めて、杖《つえ》をついているからには、身体《からだ》に不自由があることは疑いない。それでも風雅のほどが落ちた感じはしないのだから、いっそう恐るべき人間と考えるべきかもしれない。

茶器を片手に見守る一同の面前まで進んでから、先んじていたロランが始めた。ええ、それでは私のほうから、ご紹介させていただきますよ。

「こちら、陸軍大臣ナルボンヌ・ララ伯爵にあらせられます。こちらはパリ県の評議員、タレイラン・ペリゴール元司教でございまして」

応接間の静寂が、その色を今度は緊迫感へと転じた。ロラン夫人は思う。無理もない。閣僚の一角を占めるからには、ナルボンヌ・ララ伯爵はフランス王ルイ十六世の近侍である。その入閣を議会の最大派閥の推薦に負うて、はっきりフイヤン派と呼べば、こちらには政敵ということになる。

――それに留《とど》まらない怨敵《おんてき》とも……。

フイヤン派は「シャン・ドゥ・マルスの虐殺」を進めた一派でもある。ヴァレンヌ事件を受けて、ルイ十六世の退位を求めた署名運動は、無残に蹴散《けち》らされてしまった。憎い。そのときジャコバン・クラブにあって、苦杯を嘗《な》めさせられたペティオンやブリソにすれば、決して許すことができない一党であるはずだった。

――とはいえ、ナルボンヌ・ララ伯爵の場合は……。

いわゆるフイヤン派とは少し違う。三頭派の筋でも、ラ・ファイエットの筋でもなく、つまりはフイヤン派の主流ではない。

――話もできないわけではない。

かたやのタレイランについていえば、一連の教会改革で数々の悶着《もんちゃく》を起こした曰《いわ》くつきの人物だけに、不気味な得体の知れなさすら感じさせた。が、人物が突出しているだけに、フイヤン派の中のフイヤン派という感じがしないのは、こちらも同じだ。

――それでも、最初の垣根はある。

緊迫感に襲われたまま、まだ応接間には言葉もなかった。どう切り出すべきか皆目わからないという、不器用な小心者が大半なのだろう。この膠着《こうちゃく》を壊そうという大胆な気骨者も、なかにはいないではなかったろうが、今度は先に言葉を発したほうが負けだ、遜《へりくだ》って下手《したて》に出るようで癪《しゃく》だと、そういう感覚があるのだろう。

――これだから、男というのは……。

見下すような感覚もありながら、だからこそ立つ瀬もあると、ロラン夫人の心中には今こそ昂《たかぶ》る部分もあった。ああ、こういう対峙《たいじ》の空気を和らげられるとすれば、それは女だけだろう。つまらない面子《メンツ》など関係ないからだ。当世風の表現を用いるならば、一人前とみなされず、権利も与えられていないからこそ、かえって振る舞いが自由なのだ。

ロラン夫人は軽やかに前に出た。

「御両名については、むしろフランスのためを真摯《しんし》に思う方々と、御紹介するべきかしら」

「どういう意味です、ロラン夫人」

「主戦論者という意味ですわ、ヴェルニョーさん」

先刻来の雑談にも表れているように、それが現下の大問題だった。ブリソ以下、このサロンの面々で唱えてきた主戦論は、ここに来て暗礁に乗り上げた。ジャコバン・クラブを挙げての運動に発展させたいと思っても、集会場にはロベスピエールが身構えている。背中を押してくれるどころか、かえって強硬な反戦論で足を引っぱろうとする。

加勢は容易にみつからなかった。が、それは自分のサロンの面々だけではない。

「フイヤン派も反戦の立場を貫かれておられるのでしょう」

ロラン夫人は今度は陸軍大臣に水を向けた。ナルボンヌ・ララ伯爵は、ほとんど中性的といえるくらいの典雅な微笑で頷《うなず》いた。

「三頭派が幅を利かせておりますからね。頼みのバルナーヴさんも、なんだか田舎《いなか》に帰られてしまったようで、それがために小生は日頃から肩身の狭い身の上でして」

「でございましょうね。トリア大司教選帝侯に宛《あ》てて、実際に最後通牒《さいごつうちょう》を書かれた大臣であられますものね」

伯爵は再度の頷きだった。反戦論が主流のフイヤン派では、やはり異端児の扱いなのだ。

裏を返せば、向こうも一枚岩ではない。あまりにも危なっかしくて、サロンに呼ぶ気にはなれないものの、かのラ・ファイエットなども戦争推進派なのだと専《もっぱ》らの噂《うわさ》である。

つまり、こちらのジャコバン・クラブにも、ブリソやペティオン以下の主戦派と、ロベスピエール以下の反戦派がいる。あちらのフイヤン・クラブにも、ナルボンヌ・ララやラ・ファイエット以下の主戦派と、三頭派以下の反戦派がいる。

「そうしますと、あちらはあちら、こちらはこちらで分かれたまま、話もしないというのは全体いかがなものでしょうか。いえ、女の浅知恵とお笑いくださって結構なのですが、思うにフランスの未来を憂《うれ》う心のうちは同じなわけですから、話せば共感に達するところも少なくないのではないかしらと。政界再編といえば大袈裟な話になりますけれど、双方の主戦派と主戦派が意見交換もしないというのは……」

「国民の不利益に通じかねませんな、確かに」

さすがの見識で、ブリソが答えて出てくれた。女の浅知恵と自ら卑下したが、この論客には専ら『フランスの愛国者』の発刊者だった頃から、女だからと見下すことなく、割合に耳を傾けてくれるところがあった。

そのあたりの空気を嗅《か》ぎつけて、最近はオランプ・ドゥ・グージュやテロワーニュ・ドゥ・メリクールにも、ブリソ派もしくはジロンド派に接近するかの素ぶりがあり、それは気に入らない話ながら、ロラン夫人にしてみても動きやすいことは事実だった。

「ええ、ロラン夫人の顔を潰《つぶ》すというわけにもいきません。話だけは聞きましょう」

と、ヴェルニョーが続いていた。ええ、ええ、正直いえば、我らは苦しい。トリア大司教に解兵を行われて、開戦の好機を逸したのみならず、この弱小領邦を相手取る短期決戦という図式まで、一緒に崩れてしまっているからです。

「あとは大国オーストリアに正面きって戦いを挑むかどうかと、そういう議論にならざるをえないと仰《おつしや》るわけですか」

ナルボンヌ・ララ伯爵も受けた。ウズウズするかの様子で、デュコが割りこんでくる。そうなのです。もう他に描ける絵図はないのです。

「にもかかわらず、かかる主張が果たして受け入れられるかとなると、どうにも心もとない情勢でして。伯爵に賛成してもらえるなら、確かに心強い話になります」

「そうですか。いえ、賛成するもなにも、小生からして、かくなるうえはオーストリアに最後通牒を突きつけようかと、そう考えていたところでして」

「本当ですか、大臣閣下」

「本当ですよ、パリ市長閣下。陸軍省の職員を動かしまして、実は北部国境の実情をつぶさに調査させたのです。正式には明日の議会で報告するつもりですが、まあ、あくまで非公式の見解とお断りしたうえで明かしますと、仮にオーストリアを相手にした場合でも、ええ、開戦は可能ということができましょう」

6——新客

話だけでもと始めれば、しめたもの。政敵同士が、やはり盛り上がっていた。狙《ねら》い通りだ。そう自負は疼《うず》きながら、さすがのロラン夫人も、ふうと大きく息をつかずにいられなかった。

いうなれば、賭《か》けだった。

この会談が不調に終われば、主戦論は一気に萎《しぼ》み、反戦論ばかりが勢いづく。逆に共闘の構えが取れれば、もう反戦派など怖くなくなる。向こうは共闘などできないからだ。三頭派もさることながら、仇敵《きゆうてき》のフイヤン派と手を結ぶなどと、あの融通の利かないロベスピエールには、万にひとつも考えられない想定だからだ。

——端《はな》から女を無視する男など……。

私の敵にはなりえない。盛り上がるばかりの応接間を横目にするほど、ロラン夫人の自負と達成感は大きくなるばかりだった。

「ということは、イギリスの中立さえ確保できれば、オーストリアを相手にしても戦えるということですね」

「その通りです、ヴェルニョー議員」

「しかし、そんなことができるのかね。誰が宰相ピットを説得するというんだね」

「ペティオン市長、この私めがおりますことを、お忘れなく」

「ああ、そうだったんですか。タレイラン閣下がロンドンに飛んでくださるというわけでしたか」

大貴族は薄化粧の白い顔に、笑みらしきものを浮かべた。その如何《いか》ようにも取れそうな曖昧《あいまい》な表情は別にして、やはり話は狙い通りに進んでいた。ああ、場所さえあれば、男たちは話ができる。その場所を作ってあげることが女の仕事だ。終えれば、しばらく出番はない。無理に出しゃばるべきでもない。それなら私だってお茶くらいと思いかけたところで、またぞろ玄関のほうから呼び鈴の音が届いた。

遅れてきた者がいたらしい。サロンの女主人《オテス》に休息などないのだと苦笑しながら、ロラン夫人は自ら玄関に迎えに出た。下僕に外套《がいとう》を預けていた新客は、ひとりはジロンド県選出組で、なかなかの美丈夫であるアルマン・ジャンソネ議員だった。

「ああ、ロラン夫人、遅れて申し訳ありません」

「もう皆さん、お集まりですよ」

「そうですか。いや、こちらを御案内してきたもので」

確かに、もうひとりいた。軍服を着ていたが、軍人にしては短軀《たんく》の男だった。太い眉《まゆ》にぎょろりとした大きな目、それに肉感的なくらいに分厚い唇は、いかにも精力的な風であり、そこが軍人らしいといえば確かに軍人らしかった。

よくよくみれば夫のロランとそう変わらない、もう初老の歳格好《としかっこう》だが、その脂ぎった印象が、かかる形容を憚《はばか》らせてもいた。

ジャンソネが続けた。ええ、こちらがお話ししていたロラン夫人です。とても素敵な方でおられるでしょう。

「それで、こちらは私がジロンド県にいたころ、ニオール駐留部隊の指揮官として赴任なされていた将軍で、それが縁で懇意にさせていただいている……」

「シャルル・フランソワ・デュ・ペリエ・デュムーリエと申します」

男は自ら名乗りを上げた。やはり押しが強いと思いながら、ロラン夫人は手の甲に接《せっ》吻《ぷん》を受けた。

まるで初見の相手だった。いろいろな人間がやってくるものだと、嘆息する気分もないではない。やってくるほど、紹介が新たな紹介を招いて、人脈は果てしなく広がっていく。

とはいえ、地位のある相手であるなら、誰を拒むものでもなかった。大物など、所詮《しょせん》は数が限られているからだ。いつ、どんな風に役に立ってくれるかわからないのだから、集まってくる有力者は多ければ多いほど嬉《うれ》しいのだ。

「さあ、デュムーリエ将軍も応接間のほうへ。もしかすると、お仲間がおられるかもしれませんよ」

「お仲間と仰《おっしゃ》いますと」

「ナルボンヌ・ララ伯爵とは、お知り合いでなくて」

「おお、先王時代から存じ上げております。往時の宰相がショワズール公爵殿下であられましたが、その懐刀と呼ばれた時期がありましてな」

話がよくわからない。往時の宮廷模様など知らない。構うものかと、ロラン夫人は人脈のるつぼたるべき場所に、また新たな客人を送り出した。

――まさに人脈の……。

大臣に、将軍に、市長に、議員に、元司教に、錚々《そうそう》たる面々が自分のサロンに集まっている。何げなく心に続けた言葉だったが、あらためてるつぼなのだと繰り返すほど、みるみる気分が高揚してくる。

知らず身震いに襲われれば、政界再編すら思いのまま、世界は自分の掌《てのひら》のうちにあるような気にもなる。それは錯覚にすぎないとして、ひとつだけ確かな真実は、この万能感に比べるならば人間の権利など、物の数ではないではないかと。

ロラン夫人の率直な知性は、とうの昔に気づいていた。というより、オランプ・ドゥ・グージュやテロワーニュ・ドゥ・メリクールの活躍を横目にするほど、問わずにはいられなかった。すなわち、女という生き物は果たして権利など欲しいのかしらと。

――欲しいのは、権力のほうじゃなくて?

権利など手に入れても、自分ひとりの身しか自由にできない。逆に権力を手に入れれば、他の人間までを好きに動かすことができる。そのために、まずは結婚しなければならないというのは、手はじめこそ夫という名の便利な従僕だからなのだ。

――いつも私のために働いてくれる。

下女の動きが活発になっていた。恐らくロランが茶器を片づけさせると同時に、葡萄《ぶどう》酒《しゅ》の用意を命じたからだろう。

本来は自分の役目だが、かわりに働いてくれる。黙っていても、勝手に補ってくれる。そういう人間を手に入れたいと思うなら、オランプ・ドゥ・グージュやテロワーニュ・ドゥ・メリクールの方法は、まさに下《げ》の下だ。

人間としての権利でよいなどと、そもそもの望みが小さすぎるともいえる。まあ、所詮は二流三流の女ということだわ。それが証拠に、ほら、この私を御覧なさい。

――今や私のサロンには……。

大臣がいて、将軍がいて、市長がいて、議員がいて、元司教がいてと数えながら、ロラン夫人は自分も応接間に戻ろうとした。いくら献身的であっても、このまま夫に任せていては、不調法も起こりかねないと思うからだ。ああ、ロランには吝嗇《けち》なところもあるから、まだ料理の注文までは出していないだろう。これから先は美食の助けも借りながら、皆を引き止めなければならないのに、それでは時宜を逸してしまう。ああ、私も急がなければならない。

ところが、踵《きびす》を返すことすらできない。もうひとつ呼び鈴が鳴ったからである。また新客だ。勢いがある場所には、次から次へと訪れて、本当に絶えることがない。ロラン夫人は急ぎ作り直した愛想もろとも振りかえった。が、直後には素の顔で、ハッと息を呑《の》まないではいられなかった。

「あなた……」

「ええ、来てしまいました」

そう断りを入れた相手は、名前をフランソワ・ニコラ・レオナール・ビュゾといった。未《いま》だ三十一歳の若さであれば、神経質そうな青い顔にも特有の活気が覗《のぞ》く。ビュゾは全国三部会に第三身分代表として送り出されたまま、国民議会、憲法制定国民議会と勤め上げ、前年秋の解散で失職した元の議員である。

前途有望な青年だった。事実、パリでの仕事ぶりを評価され、選挙区であり、故郷でもあるウール県で、刑事裁判所長に選ばれていた。

ほんの昨秋の話であれば、ペティオンの紹介でロラン夫人のサロンに出入りするようになり、ほとんどゲネゴー通りの常連になりかけたところで、ノルマンディの一県に遠く去らざるをえなくなったともいえる。

「マダム、そんな驚いた顔をしないでください。私だって休暇くらい取れますよ」

「とは仰いますけれど、ビュゾさん……」

あとは言葉にならなかった。ロラン夫人にだって、作らなくても自然と浮かぶ笑顔がないわけではなかった。

7――砂糖

デムーランは油紙の包みを抱えていた。ごくごく小さな包みだったが、大事に大事に抱えて、隠すような気分もあった。

中身は砂糖で、妻のリュシルに別して頼まれた買い物である。甘いものが食べたい。果物を煮たいので、欠かせない。そう切に訴えられたのは、もう三日も前の話なのである。

いうまでもなく、デムーランが邪険に扱うわけがない。

――やっと食欲が出て来たからな。

三月になっていた。ようやくというのが、デムーランの偽らざる実感だった。

リュシルの具合が、ずっと悪かった。なにかの病気というのではない。妊娠した妻は、つわりがひどかったのだ。

つい先月くらいは、なにを食べても戻した。寝台から立ち上がることすらできず、リユシルは青白い顔をしたまま、横になりっ放しだった。

　これくらいなら普通だと、それが産婆《さんば》の見立てだったが、デムーランとしては本当に大丈夫だろうか、妻の健康もさることながら、こんなことで赤子は無事なんだろうかと、案じないではいられなかった。

　――だから、今は苦労じゃない。

　なにが辛《つら》いといって、夫であり、父親であるのだから、なんとかしなければならないと気ばかりは焦るのに、実際にはオロオロしているだけという己の情けなさなのだ。

　つわりが治まり、もう妊娠も安定期で、流産の心配などもまずなくなった。そこで食べたいというのなら、どんなものでも食べさせたい。リュシルのためにできることがあるならば、どんな苦行も厭《いと》うつもりはない。リュシルが欲しいものがあるなら、どんな高価な宝でも手に入れる。砂糖を所望されたなら、隼《はやぶさ》のように飛んでいき、ものの数分で買ってきてやる。それくらいの勢いだったが、実際に手に入れられるまで、三日もかかってしまったのだ。

　愛妻家のデムーランであれば、忘れたとか、なまけたとか、そういう話ではありえない。砂糖、砂糖と目の色を変えたとしても、三日で手に入れられたなら、もう上出来というべきなのだ。

　――普通は手に入らない。

ちらと横目で確かめたところ、沿道の窓は幕が下まで下ろされていた。ガーランド通りの角のカフェも営業休止の状態だった。カルチェ・ラタンで最も繁盛していたカフェであるにもかかわらず、である。カフェの都と呼ばれるパリのいたるところで、営業休止が相次いでいるのだから、それも無理ない話ではある。

砂糖が極端な品薄になっていた。事情を同じくするのが珈琲豆《コーヒーまめ》で、これではカフェが普段通りに営業できるわけがない。

カリブ海の植民地、サン・ドマング島で反乱が起きていた。第一報が届けられたのが昨一七九一年十月二十七日の議会の場で、その発表によれば、すでに八月には勃発《ぼっぱっ》していた話らしい。奴隷としてアフリカ大陸から連れてこられ、商品作物を栽培する大農場で働かされていた黒人たちが、農場主や役人など現地の白人支配者たちに反旗を翻《ひるがえ》したのだ。

鎮静化するどころか、今年一月の末に届いた続報では、かえって反徒がサン・ドマング島の大半を席捲《せっけん》し、明らかな優勢を占めているという。

――人権宣言を嘘《うそ》にするからだ。

デムーランはといえば、むしろ反徒に同情的だった。同じく昨年五月十五日の議会で制定された法では、平等の権利を認められたのが自由黒人だけだったからだ。自由黒人とは解放奴隷や白人との混血を指すが、かたわらで奴隷として働かされている大多数には、人間としての権利が認められなかったのだ。

ガーランド通りを左に折れながら、デムーランは吐き出さずにいられなかった。

——怒るのは当然だ。

もう貴族も、平民もなくなった。誰もが等しく市民である時代が来た。そこに能動《アクティフ》市民と受動《パッシフ》市民の区別など設けられるべきじゃないのと同じで、市民と奴隷の区別だの、白人と黒人の差別だのも許されるべきではない。男女の平等も然《しか》りで、ああ、人間の権利は完全に認められなければならない。

——だから、フイヤン派を倒さなければならない。

かかる思いも、デムーランのなかでは変わっていなかった。ああ、あの金持ち優遇の連中を倒さないでは始まらない。能動市民と受動市民を区別したがるだけじゃない。カリブ海で奴隷が解放されないのだって、向こうで大農場を経営している企業家たちが、フイヤン派を支援しているからなのだ。自明の図式だというのに、それを追及しないでおくなんて……。それどころか、とんちんかんに戦争を始めるべきだなんて……。まったく、ブリソたちときたら、なにを考えているんだか……。

開戦論議は未《いま》だ収まる様子がなかった。いや、最後通牒《さいごつうちょう》を送りつけたトリア大司教選帝侯に、あっさり解兵に応じられて、一時は振り上げた拳《こぶし》の下ろし先をなくした格好だった。

年初の話で、好機とみたロベスピエールは、ここぞと反戦論に梃入《てこい》れした。一気の逆転に運ぶかと思いきや、かたやのブリソも主戦論を取り下げなかったのだ。傍目《はため》には無茶としか思われない論法で、なお開戦と叫び続け、解《げ》せないくらいに自信ありげだったのだ。

——一体どうなってるんだ。

解せないといえば、フイヤン派も解せなかった。一党の後押しで入閣したはずなのに、陸軍大臣ナルボンヌ・ララは開戦に積極的な様子だった。トリア大司教選帝侯宛《あ》ての最後通牒を認《したた》めた張本人であれば、積極的で当然のようでもある。が、あれは暴力的といえるくらいの世論の高まりを受けて、渋々ながら作成したものでなかったのか。かねてウィーン宮廷に密《みっ》に工作していたフイヤン派の話であれば、大司教側の解兵を事前に了解したうえでの、みせかけの最後通牒にすぎなかったのではないか。

そうまで勘繰り、人心を慰撫《いぶ》するための詐術にすぎないと理解していただけに、こちらについてもデムーランは首を傾《かし》げないではいられなかった。

——いずれにせよ、先決するべきはカリブ海の反乱のほうだ。

話を市井《しせい》の窮状に戻せば、カリブ植民地からの輸入に頼る商品作物は軒並み品薄になっていた。だから、砂糖も珈琲豆も普通は手に入らない。革命家としてパリに顔が売れているデムーランだからこそ、伝《つて》を頼り頼りしながら一包みだけ、なんとか融通してもらえたのである。

――それも大枚を叩《はた》いてだ。

少し前なら、一リーヴル（約五百グラム）の重さで、せいぜい二十五スーにすぎなかったものが、今や三フラン、つまりは六十スーにまで値上がりしていた。まさに貴重品なのだ。

しっかり腕に力を入れて、デムーランは包みを抱えなおした。足も速くなるというのは、まだ他にも買い物が残っていたからだった。ああ、パンを買っていかなくては。モーベール広場の市場《いちば》に回れば、多少は野菜も買えるだろうか。

砂糖のような特別な品を求める場合だけでなく、買い物は一体にデムーランの担当だった。御上《おかみ》さん連中よろしく腕に大きな籠《かご》を提げて、あちらこちら市場を覗《のぞ》き覗きするのでは、一端《いっぱし》の男として情けないようでもあるが、これまた仕方ない話と考えざるをえない。リュシルのつわりは、それほどひどかったのだ。

とはいえ、リュシルなら、もう元気を取り戻している。安静にしていなければならないどころか、産婆からは妊娠は病気じゃない、普段の家事はしたほうがいいと、叱《しか》られるくらいである。それでも妻を部屋に留め置き、デムーランは買い物担当を続けたのだ。

リュシル自身も嫌がっていた。もう自分で行くとも主張した。まだ心配だ。万が一のことがあってはならない。そう説けば、それなら人を雇うとも返してきた。お手伝いさんを雇って、市場にも一緒に行くし、籠が重くなったら運んでもらう。だから一人前の紳士たるもの、買い物なんか止《や》めてほしいと迫られながら、それでもデムーランは依《い》怙地《こじ》なくらいに固執して、絶対に譲ろうとしなかった。

――外に出れば、いつ誰に襲われるとも知れないからな。

大袈裟《おおげさ》をいっているつもりはなかった。そうまで怯《おび》えるのは他でもない。

デムーランは決断をなしていた。革命家としての使命は全《まっと》うしなければならない。己《おの》が信念と正義感が、さかんに発言を促しているにもかかわらず、それを保身のための姑《こ》息《そく》な打算で封じてしまうわけにはいかない。

そう自分に言い聞かせて、小冊子『ジャック・ピエール・ブリソの仮面を剝《は》ぐ』を印刷に回してから、そろそろ一月《ひとつき》になろうとしていた。

正直いえば、後悔に傾くときがないではなかった。個人攻撃の中身は、そのまま変えなかったからだ。品性に欠ける檄文《げきぶん》を出してしまったと思えば、ジャーナリストとしての良心も苦しまないではなかった。

が、それ以上に怖かった。やはりというか、怖かった。

8——物価高

ブリソは激怒しただろう。

自分で読んだか、人伝《ひとづて》に聞いたか、それは定かでないながら、いずれにせよ、『ジャック・ピエール・ブリソの仮面を剝《は》ぐ』などと題された印刷物が出回れば、ずばり名前を出された当人の耳に入らないわけがなかった。

ならばと読めば、内容が内容なのだから、激怒しないわけがない。が、相手が一介の新聞屋なら、それでも怖くないはずだった。

自分の話にして考えても、仮に誰かに扱《こ》き下《お》ろされれば、ここぞとペンにものをいわせる。反撃は紙面で行うというのが、新聞屋の流儀なのである。

——ところが、もうブリソは議員だ。

議員であれば、迂闊《うかつ》な発言はできない。軽々しくは話さないし、書きもしない。そのかわりに告発する。官憲を動かす。それが政治家という輩《やから》の思考回路のようだった。デムーランは以前にも告発されかけたが、あれも当時の議員マルーエの仕業《しわざ》だった。あるいは告発するまでもなく、問答無用の処断に及ぶか。議員には、それだけの権力もある。公式に国民衛兵隊を出動させたり、非公式に党派に連なる元気な輩を動員したり、いずれにせよ、自らの手は汚さない暴力に訴えることができる。

それが、いつ行使されるかわからない。デムーランは警戒心を解く気にはなれなかった。

――いや、僕ならば覚悟もある。

ブリソの手回しで、自分が報復される分には構わない。しかし、リュシルに害が及ぶことだけは認められない。わけても、おなかに赤子を抱えている今は、どんな用心も怠れない。生まれようとする新しい命まで、危険に曝《さら》すことはできない。

だから、自分が外に出る。買い物もすれば、種々雑多な用事もこなす。そうして家族の身代わりになれるものなら、それこそ本望ではないかと、デムーランは本気で思うのである。

――しかし、いざ子供が生まれて、父親がいないとなると、なあ。

子供自身も困る。それ以上にリュシルが大変だ。ならば僕とて死ぬべきではない。もとより、死にたいわけではない。怪我《けが》だってしたくない。健康なまま、自分の子供を腕に抱きたい。

――やっぱり僕も生きなければ。

そう念じた矢先だっただけに、デムーランは刹那《せつな》びくと首を竦《すく》めた。

怒鳴り声が聞こえていた。数人が肩を怒らせ、押し問答を演じていた。モーベール広場の入口に構える、パン屋の店先だった。

「いや、だって、丸パンひとつが四十スーだっていうんだろ。先月からの倍値、いや、三倍値じゃねえか。こんな値段をつけるなんて、あんたにはパン屋の仁義ってものがねえのかい」

「だから、こっちだって、こんな値段をつけたいわけじゃねえって、さっきから何度もいってんだろう。これ以下で売っちまったら只働《ただばたら》きになるって、繰り返し説明してやったじゃねえか」

「だからって、四十スーなんて値段をつけられちゃあ、俺たち貧乏人は全体どうすりゃいいっていうんだい。パンひとつ口に入れるのに、どれだけ働けってことなんだい」

「大変だとは思うぜ。同情もしないじゃないが、こっちだって暮らしていかなきゃならないんだ。小麦の仕入れ値から上がっちまって、この値段でギリギリなんだ」

値段が高騰《こうとう》しているのは、砂糖と珈琲豆《コーヒーまめ》だけではなかった。植民地の反乱を理由に、いくつかの食品が値上がりしたのをきっかけに、他の食品までが追随して、どんどん値を上げていった。

フランス本国も昨年は凶作に見舞われたからと、そう説明されるのが一般的だった。が、なかには便乗値上げもあるのでないかと、庶民としては勘繰らずにはおけなかった。あるいは誰かが買い占めているのではないかとか、相場師が陰で動いて故意に値段を吊り上げているのではないかとか、ひとたび論じ始めれば止まらない風さえある。

――仕方ないでは、済ませられない話だからな。

買えないからと、食べないではいられない。デムーランが気づいたところでも、この一七九二年が明けた頃には、ピリピリした空気がパリを支配するようになった。一種の社会問題と認識されるようになってからでも、すでに一月《ひとつき》からがたつ。

「だったら、パン屋、俺も一緒に行ってやるから、今から粉屋に談判しにいこうぜ」

「粉屋を脅して、どうにかなるっていうのかい」

「ならないかもしれねえが、どこでズルが行われてるのか、誰が嘘《うそ》をついているのか、そのへんはっきりさせねえと、どうにも気が済まねえのさ」

「はん、こちとら二十年のつきあいだぜ。嘘をつくような男じゃねえよ、粉屋のアルノーは」

「ははあ、行きたがらねえってことは、やっぱり粉屋とグルなんだな。そうだろ、パン屋。一緒に謀《はか》って、値段を吊り上げてるんだろ」

「けっ、馬鹿らしい」

話にならねえ。そうやって切り捨てて、パン屋は奥に下がろうとした。が、その肩のあたりをつかもうと、人垣から腕が出た。ぐいと手元に引き寄せたのが、いかにも気が短そうな職人風体《ふうてい》の男だった。おい、パン屋、おまえ、逃げようってのか。

「逃げるんだったら、自分の罪を認めたも同じだぜ。

「俺の罪だと」

くるりとパン屋も身体《からだ》を回した。互いに額をつけての睨《にら》み合いになってしまった。それまで遠巻きにしていた往来も、いよいよ喧嘩《けんか》騒《さわ》ぎかと際《きわ》まで詰めて、皆で取り囲む勢いだ。これは暴力沙汰《ざた》になるかな。世の不満の捌《は》け口《ぐち》にされて、パン屋には受難の一日になるかな。そう思うほど、デムーランは心が痛むばかりだった。

恐らくは無実だからだ。本当に値段を吊り上げていたのなら、店など開いているはずがない。やましいところがないからこそ、この値段でもパンが欲しいという客がいるならばと、自由な往来に向けて、扉を大きく開けることができたのだ。

──あらかじめ客を選ばないだけで、もう良心的なのだ。

騒動を見限ると、直後のデムーランは目を左右に走らせた。自分の動きを見咎《みとが》める者がないことを確かめてから、素早い動きで進んだのは路地裏だった。拳《こぶし》で訪《おとな》いを入れたのが一軒の勝手口で、数秒の間を置いてから、どちら様ですかと中から誰何《すいか》が返った。

「アッシニャを持たざる者です」

と、デムーランは答えた。アッシニャといえば、債券が紙幣になって、もう二年がすぎようとしている。その暴落が、いよいよ止まらなくなっていた。もはや額面の三分の二、ことによると半分にしかならないとされるほどで、これが折りからの物価高騰に、さらなる拍車をかけていたのだ。

なかには実質的な値上がりではない、アッシニャの暴落で額面の数字が増えただけだと、そう割り引く向きもあったが、日々の経済活動に混乱を招いたことは否めない。金貨、銀貨の類《たぐい》でなければ売らないと、あらかじめ客を選ぶ店とて今や少なくないほどなのだ。

「アッシニャを持たざる者です」

それは金属の貨幣で買いますという断りの隠語だった。それなら売らないではないと、実際に勝手口が開いていた。

「ああ、デムーランさんでしたか。毎度御贔屓《ごひいき》いただいております」

そのパン屋とて悪い男というわけではなかった。この一月ほどは表通りの店舗を閉めたきりにしているが、それも今のパリでは阿漕《あこぎ》と責められる振る舞いではない。

「それで、今日はいかほど」

デムーランは掌《てのひら》を開いて出した。握られていたのは、数枚の銀貨だった。

「全部で二フランくらいにはなるはずだ」

「ええと、いや、戦争が始まりそうだってんで、最近はマルクも値を下げましてね、これだと、ええと、三十五スーというところです」

「で、どれだけ買える」

「丸パンなら一個半も買えますよ」

一個半しか買えないのか。そう心に零《こぼ》しながら、デムーランは買うしかなかった。ねぎろうと努力もしたが、プチ・パンひとつ負けさせるのがやっとだった。

リュシルのため、おなかの子供のためであれば、惜しめる出費ではなかった。妻の実家デュプレシ家の援助もないでなく、生活が窮しているわけでもない。

——けれど、決して楽ではない。

デムーランくらいの生活をしていても、この物価高は応《こた》えた。

新聞の売り上げも落ちていた。デュプレシ家の口利きがあり、一定部数はブルジョワ家庭が定期購読してくれたとはいえ、それはそれで窮屈な話である。仮に儲《もう》かるとしても、富裕層の機嫌を取るような文章は断じて書きたくないからである。どれだけ危険であろうと、ブリソの悪口のほうが遥《はる》かに書きやすいくらいなのだ。

収入の高は自《おの》ずと決まった。世間知らずのリュシルは、お手伝いさんを雇うなどというが、実はそんな余裕はなかった。

さらに白状するならば、しばしばダントンに融通してもらいながら、なんとかかんとか日々のやりくりをつけているというのが、デムーランの実情だった。

かの親友はといえば、コルドリエ街の顔役だった頃から、不思議と金に不自由しなかった。カフェを営む細君の実家に頼りきりなのだろうといわれていたが、みての通りの砂糖と珈琲の値上がりであり、その線はなくなっている。にもかかわらず、かえって羽振りがよくなっているのだから、思えばダントンも解せない男だ。

――今やパリ市の第二助役だからか。

公職に就いたからには、俸給ある身分である。それ以上に羽振りがよくなった気もするが、詳しい事情は知らない。それでもデムーランには、なんとなくわかる気がした。豪放磊落《ごうほうらいらく》が専《もっぱ》らの売りだった乱暴者は、最近とみに器の大きさを感じさせるようになっていた。

大人物というならば、かのミラボーに似てきたともいえようか。以前から「粗野なミラボー」とは呼ばれていたが、最近のダントンは巨漢としての面影や、大衆受けの巧みさに留《とど》まらない、指導者としての格を思わせるようになっていたのだ。

革命の指導者に成長しつつあるということだろう。そういう人物の下には、人でも、物でも、金でも、勝手に集まってくるのだろう。

――お零れで、僕はパンを口にできる。

勝手口だけのパン屋にしても、ダントンの口利きだった。いや、それをいうなら、砂糖からして、ダントンの伝《つて》だ。なにからなにまで親友頼みで、情けないとはデムーランも自覚している。そうして手に入れたパンにしても、こそこそ外套《がいとう》の下に隠さなければならないというのだから、返す返すも気分が晴れる話ではない。

9——きな臭さ

食糧を手に入れられない人々は、まだ苛々《いらいら》しているはずだった。だから、家まで一直線だと、デムーランは自《おの》ずと急ぎ足になった。

が、あにはからんやで表通りまで戻ると、さっきまで喧嘩《けんか》していたパン屋と職人風体《ふうてい》の男は今度は肩を組んでいた。そのままでガーランド通りをシテ島の方角に向かい、のみか、ぞろぞろ群集まで引き連れた。

どういう風に話が転んだのかは知れない。しかし、殴り合いの喧嘩沙汰《ざた》には、ならずに済んだようだった。ホッと胸を撫《な》で下《お》ろすかたわら、デムーランは聞き耳を立てずにいられなかった。人々の怒りが鎮まったわけではなかったからだ。それどころか、皆が顔面を紅潮させて、口々に叫んでいたのだ。

「結局、みんな犠牲者なんだ」

「おおさ、下々《しもじも》に悪い奴《やつ》なんていないんだよ。世のなかを悪くしようと動いてるのは、いつだって巨悪なんだよ」

「だったら、俺たちの手に負える話じゃねえな」

「だから、とにかく行ってみようぜ、グレーヴ広場に」

陳情を試みるというか、圧力をかけるというか、人々はパリ市政庁に向かうことにしたようだった。

肩を組み、拳《こぶし》を突き上げ、大声で暴れ騒いでみせるほどに、沿道で手持ち無沙汰の輩《やから》までが合流する。唾《つば》を吐き、足を踏み鳴らし、話をしにいくだけだとはいいながら、すでにして暴力も予感させる。様子を見守りながら、デムーランは思った。

――似ているな。

何に似ているといって、きな臭さが一七八九年にそっくりだった。

あの年もフランスは深刻な食糧危機に見舞われていた。物価高騰《こうとう》に痛めつけられ、人々は苛立ちを募らせた。その捌け口《はぐち》を探している風さえあり、結果として革命が起きた。なにを、どうすればいいかもわからないまま、心すさんだ男たちはバスティーユを襲撃したし、痺《しび》れを切らした女たちはヴェルサイユに乗りこんだ。

――してみると、起きた革命は無駄でなかったということか。

市政庁に行こう、でなければ議会に行こうと、今は向かう先がはっきりしていた。陳情するにせよ、圧力をかけるにせよ、革命の経験から働きかけの術《すべ》も覚えた。働きかけが無駄になるとはかぎらないというのも、また経験則である。

不満を爆発させるにも、一定の作法ができていたわけだが、他面でグレーヴ広場があり、テュイルリ宮殿調馬場《マネージュ》付属大広間があるのは、このパリだけである。

地方では、こうは行かない。いうまでもなく食糧問題は全国的なものであり、なるほど地方のほうが荒れていた。

――なかんずく、エタンプ事件は衝撃だった。

つい先ごろ三月三日の出来事で、パリのすぐ南方の都市であれば、みる間に報《しら》せが駆けて届いた。エタンプでも物価高騰と食糧不足に業《ごう》を煮やした庶民が、皆で談判を試みようとなったのだ。

向かった先が市庁舎で、要求したのが価格統制だった。行政の権限で市価を抑えてほしいと希望したわけだが、それを市長シモノーは拒否した。そんな権限は与えられていないと、至極まっとうな返事をしたわけだが、これに激昂《げっこう》した人々は、そのまま市長を捕まえて、惨殺してしまったのだ。

――血なまぐさい話だ。

一七八九年と違うとすれば、もう貴族の陰謀とはいわれない点だった。すでに外国に亡命していて、戦争を惹起《じゃっき》しうる脅威ではあり続けても、陰謀の根として警戒されることはないからだ。

エタンプ事件にみるように、今や槍玉《やりだま》に挙げられるのは当局であり、また当局を裏で牛耳《ぎゅうじ》ると信じられているブルジョワだった。

第三身分と呼ばれた頃から、平民は一枚岩だったわけではなかった。が、革命が起きて、能動《アクティフ》市民と受動《パッシフ》市民が区別されたことで、富めるブルジョワと、貧しき庶民、つまりは貴族やブルジョワが着用するキュロット（半ズボン）を持たないことから「サン・キュロット（半ズボンなし）」と呼ばれる人々との対立は、むしろ深刻の度を増していた。

パリや一部の大都市は別として、人々は参政権の区別であるなら割合に無頓着《むとんちゃく》だった。政治意識が低いからだが、それが食べられる、食べられないの差異になるや、ブルジョワに対する敵意を、はっきり自覚するようになったのだ。

事実として、価格統制に反対しているのはブルジョワたちである。企業家として、なんの制約も受けない自由競争こそ理想だからだ。高く売れる物も高く売れないでは、儲《もう》けが薄くなってしまう。それでは商売の旨《うま》みがないというのだ。

そうしたブルジョワの応援を頼みにするかぎり、フイヤン派は動かない。フイヤン派が動かなければ、議会も動かない。図式はパリの群集も知っていた。だから、テュイルリ宮殿調馬場付属大広間でなく、グレーヴ広場に向かったのだ。

実際のところ、パリ市長ペティオンは立法議会に緊急支援を要請していた。二月二十九日の話で、貧民救済のために国庫からの二十万リーヴル拠出を要求したのだが、その後どう決着したものか、それはデムーランも聞いていなかった。

肩を組んだパン屋と職人に率いられた行列にしても、それを皆で聞きに行こうということだったかもしれない。

なるほど、パリは違う。荒れ模様の民衆も、エタンプのような無法に手を染めるわけではない。なるほど、市政庁にはダントンもいる。一七八九年のような、聞かない石頭ばかりではない。

――けれど、ブリソたちは戦争ばかりだ。

デムーランは舌打ちを禁じえなかった。はん、ペティオンだって、本音は開戦のことしか頭にないのじゃないか。

ジャコバン・クラブの代弁者であるとか、ロベスピエールの盟友であるとかいうより、今やブリソ派もしくはジロンド派を支える二枚看板の片方である。どこまで本気で救貧策に取り組むものやら。

「戦争さえ起こせば、全ての問題はたちどころに解決する」

そんな風に考えている連中なのだ。持てる者も、持たざる者も、互いを敵視するより、同じフランス人として不埒《ふらち》な外国を憎むようになるのだから、価格統制も、物価高騰も、どうだって構わないという発想なのだ。

――まったく、出鱈目《でたらめ》ばっかりだ。

庶民の窮乏など無視して捨てるフイヤン派は許せない。が、戦争を社会安定の万能薬として疑わないブリソ派もしくはジロンド派の楽観的冒険主義も、また許容の範囲ではない。どちらも国民のことなど考えていやしない。そう憤りを覚えれば、デムーランはジャーナリストである。

――書かなきゃ。

一番に、そう思う。書いて、大衆に訴えなければ。併せてブルジョワをも、社会正義に開眼させなければ。呟《つぶや》くほどに温度を高める熱い思いに駆られかけて、デムーランは思い出した。

――僕の新聞は……。

なくなっていた。『フランスとブラバンの革命』は、昨年暮れの号を最後に廃刊にしていた。

デムーランにとっては、自分のなかでのけじめだった。小冊子『ジャック・ピエール・ブリソの仮面を剝《は》ぐ』は刊行する。どれだけ危険な冒険でも、これだけは出さないでいられない。そのかわりに『フランスとブラバンの革命』は止《や》める。これを最後に危険な新聞屋稼業は控える。

――といって、志を捨てたわけじゃない。

デムーランは新会社の設立に動いていた。コルドリエ・クラブの仲間、フレロンと組みながら、全く別な新聞を創刊しようと、あちらこちらに働きかけている最中だった。

ああ、だから、あきらめたわけじゃない。これからも社会正義は問い続ける。理想を実現するためならば、誰かに恨まれようとも本望だ。

ただ向後《こうご》は仲間がいる。ひとりで矢面に立つわけではない。フレロンと並び立つなら、論敵の矛先も自ずとずれる。うまく売れてくれるか、それは保証のかぎりでないながら……。


これだけの不景気である。売り上げが下がったことで、『フランスとブラバンの革命』には経営上の問題も生じていた。無理して続けるよりはと、それがデムーランの決断を後押ししたことも事実だった。かわりに、これだけはと世に問うた『ジャック・ピエール・ブリソの仮面を剝ぐ』だったが、果たして、どれほどの功を奏するものやら。

――乾坤一擲《けんこんいってき》のブリソ攻撃も……。

捗々《はかばか》しく売れているわけではなかった。デムーランは家路を急いだ。今のところ順調なのは、リュシルの妊娠だけだった。おなかは、どんどん大きくなる。じきに子供が生まれてくる。さしあたりは十分に幸せだと、それとして嘘《うそ》というわけではなかった。

10――シェルブールの思い出

フランス王ルイ十六世は閣議の間にいた。

もう夕刻に達していたが、なんだか部屋が明るかった。西窓から射しこむ夕陽が、閣僚を並べるための長卓に、えんえん光を反射させていたからか。あるいはその橙色《だいだいいろ》を邪魔して、黒々と影を作るような野暮天が、ひとりもいなかったせいなのか。

閣議の間にはルイだけだった。だからと、感傷的になるではない。当然ながらテュイルリ宮の一室だったが、それが苦痛というわけでもなかった。

テュイルリ宮を云々《うんぬん》する以前に、もう何カ月も外に出かけていなかった。いわゆる「ヴァレンヌ事件」からこのかた、郊外の離宮に避暑が許されるようなこともなくなった。せいぜいが庭園の散歩くらいのものだ。言葉通りに一リュー（約四キロメートル）も動かない生活なのだ。

――だから、なんだ。

うそぶくルイは、虚勢を張るわけではなかった。そんなの、とうに馴《な》れっこだからだ。大国フランスの王子として生まれたからには、子供の頃から滅多なことではヴェルサイユを離れられなかった。近隣の離宮に出かけ、あたりの森で狩猟に励むことはあったが、それも裏庭の延長のようなものだ。

本当の意味での外出は、ほんの指折り数えられるくらいにすぎなかった。それも特段に楽しかったわけではない。

コンピエーニュには、オーストリアから輿入《こしい》れしてきたマリー・アントワネットを迎えにいった。やはり楽しかったわけではないが、これには旅行とは別な部分で少しだけ心が弾んだ。

フランス王家の伝統的な戴冠式《たいかんしき》を果たすため、シャンパーニュの大司教座都市ランスに赴いたこともある。これは楽しい楽しくない以前の、全くの義務だった。

帰路にはパリに立ち寄り、いくつかの施設を訪問しては、いちいち大歓迎を受けたものだが、ということは、このとき楽しんだのは向こうのほうで、こちらにすれば骨折りを我慢しながら、臣民に賜《たまわ》らしめた慈悲でしかない。

——ただシェルブールだけは、悪くない思い出だな。

そうルイが思い出したのは、テュイルリ宮の長卓に宿る夕陽の帯が、大西洋に沈みゆく夕焼けを彷彿《ほうふつ》させたからかもしれなかった。

シェルブールは西ノルマンディ、コタンタン半島の先端に鎮座する港町である。ほんの漁村にすぎなかったものが、フランス海軍による近年の改装工事で、王国屈指の軍港に生まれ変わった。

——というより、私が生まれ変わらせた。

アメリカ独立戦争に肩入れして、イギリスを敵に回した数年で、ルイは痛感させられていた。英仏海峡における動員の便において、フランスはイギリスに決定的といえるほどの後れをとっている。ダンケルクの港は砂に埋まりやすい。ル・アーヴルの港は艦隊を停泊させるには小さすぎる。つまるところ、フランス北岸においては、本格的な海軍基地が欠如していたのである。

——ないものは造るしかない。

そうしたルイの決断に即して、選び出された適地がシェルブールだった。天然の要害だったわけではない。むしろ、そのままの地形は不便だった。だからこそ、全く別に造る。海岸から一リューの沖に長さ一リューを数える防波堤を設営する。艦隊が停泊し、あるいは補給を取り、さらに出撃するに足る巨大軍港を人工的に出現させる。それが計画の骨子だった。

——しかも港の設計図は、私自身がこの手で引いた。

ルイの思い入れとしても、一通りでなかった。アメリカ独立戦争に多額を費やした直後であるにもかかわらず、三千万リーヴルという巨額の予算もつけた。

実際の工事は築城司令コー侯爵、ならびに橋梁《きょうりょう》と道路担当技官セサールの監督で、一七八三年に開始された。

シェルブールから進捗《しんちょく》状況の報告が届くたび、うずうずしてたまらなかった。滅多にヴェルサイユを離れず、また特段に離れたい、どこかに行きたいとも思わないルイが、このときばかりは工事の視察を念願しないでおけなかった。

シェルブール視察が実現したのが、一七八六年六月二十三日のことだった。

王妃マリー・アントワネットが妊娠していた事情もあり、家族は伴わなかった。一群の供廻《ともまわ》りだけを連れての、男ばかりの身軽な旅行として計画するや、ルイは一路ノルマンディに向かった。自らカッシーニの地図を開き、ベルリン馬車の進む先を指示しながら、それが悪くない思い出になったのだ。

――海の緑……、夕陽の朱《あか》……。

そして潮風の清々《すがすが》しさよと思い出せば、今も往時の感動に胸が詰まる。

その日、ルイは海軍将官の緋色《ひいろ》の軍服に身を包んだ。立ち会うべき視察は円錐台《えんすいだい》の投入作業だった。

円錐台とは樫材《かしざい》で組まれた潜函《せんかん》に、ぎっしり石材を詰めたもので、高さ十トワーズ(約二十メートル)、底部の直径二十五トワーズ(約五十メートル)に達する、まさに巨大な塊《かたまり》としかいいようのない物体である。深さ三十トワーズ（約六十メートル）の水中に、それを無数に沈めることで、人工的な堤防を造ろうというのが、工事の根幹部分だった。

沖の現場まで船を出して、ルイは少しの船酔いもしなかった。意外や私は大海に向くのかもしれないなと、そう呟《つぶや》くことができたことから、まずは幸先《さいさき》よかったといえる。

一瞬視界がなくなるほどの水飛沫《みずしぶき》を立ち上げるや、ぼこっ、ぼこっと大きな泡といれかわりに、ずぶっ、ずぶっと沈んでいく円錐台は、ゆらゆら揺れながら完全に海底に着地するまで、およそ二十八分の時間を要する。それだけの作業の、なんと壮観で、なんと厳《おごそ》かであったことか。

直後には祝砲の連続が、その振動で一面の波頭を騒がせた。送られるようにして、ルイが乗りこんだのが、新造戦艦パトリオットだった。

続いて海上演習というわけだったが、もちろん今度も船酔いなどしなかった。のみか、図書館での勉強は実地においても役に立つ、当たり前の話だが、本に書いてあった知識は意外なくらいに本当なのだと開眼して、俄《にわ》かに自信を深めることにもなった。

海図を正確に読みこなし、あるいは風を見て取り、さらに砲撃の角度を計算してのけて、海軍提督たちを脱帽させたというのは、このときの話なのだ。

――なのに、今はひとりか。

そう呟いたからといって、やはりルイは感傷的になるではなかった。ただ、がらんとして誰もいない閣議の間は、それとして尋常な風景とはいいがたかった。まあ、やや常軌を逸していたことは、我ながら認めざるをえない。それでも、やらなければならなかったのだから、後悔しようとも思わない。

ルイは再度の内閣改造中だった。

――というか、陸軍大臣ナルボンヌ・ララを、問答無用でクビにした。

三月十日の話で、後任には早速ピエール・マリー・ドゥ・グラーヴ伯爵を就けた。これという取柄もない、真面目《まじめ》一途《いちず》の軍人だったが、後釜《あとがま》など誰でもよかった。ナルボンヌ・ララ伯爵だけは、とにかく辞めさせなければならなかった。

更迭《こうてつ》の理由は他でもない。ジャコバン・クラブの一派、ブリソ派とか、ジロンド派とか呼ばれながら、最近とみに勢いを増している徒党と落ち合い、数度にわたり談合していた事実が発覚したからである。

突き止めたのが外務大臣ドレッサールで、背任行為に該当《がいとう》するからと、即時の更迭を求めてきた。それを図式化するならば、操り人形と目していたナルボンヌ・ララ伯爵に、議会での競合勢力に接近されて、フイヤン派が激怒したという形になる。

ナルボンヌ・ララ伯爵を推して、それまで後ろ盾となっていたバルナーヴはといえば、なぜだか急に政界を退いてしまった。故郷に戻ることにしたとかで、もはやパリにさえいなかった。であれば、誰かの顔を潰《つぶ》すという話でもなく、更迭を思い留《とど》まる理由はない。

　土台が人選を誤ったかもしれないと、ルイは思う。ナルボンヌ・ララときたら、フイヤン派の主張を裏切る熱心な主戦論者と聞いていた割に、実際は大した役にも立たなかった。いや、最初から過大な期待を寄せたわけではなかったが、これほど不甲斐《ふがい》ないとも思わなかった。なんとなれば、今や好機到来なのだ。

　オーストリア皇帝レオポルト二世が崩御《ほうぎょ》していた。王妃マリー・アントワネットの次兄は、慎重かつ老練な政治家だった。開戦の誘いなどにも、そう易々《やすやす》とは乗ろうとしなかった。ところが、なのだ。

　後のオーストリアを継いだのが息子のフランツ二世だが、これが父親とは比べものにならない軽率な輩《やから》と専《もっぱ》らの評判だった。土台が二十四歳の若者であり、まだまだ血気さかんな頃である。フランスに挑発されれば、その戦《いくさ》こちらも受けて立とうと激情するのは、火をみるより明らかなのである。

　なのに、開戦に運べない。だから、ナルボンヌ・ララは無能だという。それが勝手な真似《まね》ばかりしおって……。私の許可なくブリソたちに近づくなどと……。

　ルイは奥歯を強く嚙《か》まずにいられなかった。

　もっともナルボンヌ・ララにすれば、自分の無能を補うつもりだったかもしれない。己の不甲斐なさを承知すれば、恥ずかしくて恥ずかしくて、とても主君の面前に進む気にはなれない。ブリソ派もしくはジロンド派の協力を得て、晴れて開戦に漕《こ》ぎつけてから、ようよう報告に参上する。そうした殊勝な気持ちからの独断だったのかもしれない。

——戦争を始めるなら、確かに心強い味方だ。

それはルイも認めていた。外交委員のブリソはじめ、弁の立つ議員を何人も揃《そろ》えることで、議会に主戦論を浸透させたのは、かの一派である。新聞屋稼業も手がけて、大衆を開戦気分に巻き込むこともしている。まさに世を席捲《せっけん》する勢いなのだが、かたわらでブリソ派もしくはジロンド派は、やはりジャコバン・クラブに属する一派なのだ。

——油断ならない相手だ。

人材揃いと恐れるのではない。共和主義を唱えるからというのでもない。所詮《しょせん》は成り上がり者だと、それがルイの警戒だった。

ペティオンという一派の人材、今はパリ市長となっている男と話したことがあるために、そのへんの感触には自信があった。ああ、手を結びたいあまり、迂闊《うかつ》に下手《したて》に出たりすれば、彼奴《きゃっ》らは他愛《たわい》ないほど簡単に増長する。そうして調子に乗られてしまうと、なかなか厄介な話になる。

事実、ブリソ派もしくはジロンド派は、恐れ知らずの暴挙に出た。同じ三月十日のうちに、議会で外務大臣ドレッサールの弾劾《だんがい》を試みたのだ。

議会の意向に反して戦争準備を怠っている。議会に重要な外交文書を開示していない。

オーストリアの戦争準備に非を鳴らす素ぶりもない。数々の理由を挙げたあげくに、ブリソ自らがドレッサールの問責決議案を出したわけだが、その実相は誰がみても、ナルボンヌ・ララ更迭に対する報復だった。

「宮廷の方々とて、憲法が不可侵と定めているのは国王のみなのだと、そのことは御存じあるはずです。王でないなら、法は罪ある者を一切の差別もなしに裁きます。法の刃《やいば》が触れえない犯罪者など、このフランスには一人も存在しないのです」

そう議会で力説したのは、最近雄弁家の評判が高いヴェルニョーという議員だった。これまた自分に対する挑戦状に他ならないと、それがルイの解釈だった。なんとなれば、大臣を弾劾する議会決議について、王は拒否権を持たない。それは憲法が定めた国王大権には含まれていない。

——つまり、おまえの反撃など怖くないと。

このフランス王ルイ十六世たる者に、そうまでの恫喝《どうかつ》を加えて憚《はばか》らないのが、ブリソ派もしくはジロンド派という、勘違いした成り上がり者どもなのである。

どれだけ癪《しゃく》に覚えても、連中を止められるわけではなかった。立法議会の決議として、ドレッサール弾劾裁判は十四日に行われることになった。いざ裁判が始まれば、解職は確実の見込みだった。

ドレッサールは十日のうちに外務大臣の職を辞した。同様の弾劾を恐れるあまり、海軍大臣モルヴィルも十一日には辞表を出した。法務大臣デュテルトル、内務大臣ジェルヴィル、財務大臣タルベも後に続いた。かくて閣議の間は空になり、だからこそ、ルイは再度の内閣改造を強《し》いられたのである。

――さて、今度は誰を選ぼうか。

三月十四日になっていた。数日あれこれ考えたが、その作業は苦しいものではなかった。根拠ある自信というより、漠とした予感というほうが近いのだが、より良い組閣を行えるような気もしていて、少なくともルイ自身は楽しかった。

――もとより、なり手がないわけでなし。

ルイは懐中時計を覗《のぞ》いた。午後四時ちょうど。そう呟いた小さな声に重なって、扉に訪《おとな》いの音が響いた。さすがに時間に正確だ。やはり海軍は違うな。

11——組閣

入室を許すと、侍従に案内されてきたのは確かに軍服でありながら、どちらかといえば背が低い男だった。

軍人としてみれば、劣等感を抱《いだ》いて然《しか》るべき短軀《たんく》である。が、その劣等感こそ、この男の武器なのかもしれないな。そう思いながら、ルイは近《ちこ》うと手招きした。こちらの面前まで進んでから、相手は恭《うやうや》しく片膝《かたひざ》を落としてみせた。

「シャルル・フランソワ・デュ・ペリエ・デュムーリエ、陛下のお召しにより参上つかまつりましてございます」

「ごくろうです、中将」

受けながら、ルイは悪くないと思った。アンシャン・レジームの呼吸といえば、確かにアンシャン・レジームの呼吸だったが、そのこと以上に悪くない。またデュムーリエも革命前からの近臣、忠僕だったが、それだけという男ではなかった。

貴族の生まれではあるが、デュムーリエは零落した貧乏家門の出身にすぎなかった。が、その劣等感ゆえか、働きぶりは精力的の一語に尽きた。先王時代の七年戦争に騎兵中隊長として転戦、その功績で聖ルイ十字勲章も受けている。

が、一七六三年に終戦を迎えると、それからは昇進ままならなくなった。デュムーリエは当時の大臣ショワズール公爵の腹心に転向した。コルス島に、マドリッドに、リスボンに、さらにポーランドに、スウェーデンにと送りこまれて、密偵のような仕事もこなしたらしい。

とはいえ、ショワズール公爵の子飼いとして、その政敵エギヨン公爵には睨《にら》まれた。活躍の場を奪われた時期もあったが、今度はブロイー伯爵に取り入って、再び表舞台に上がってくる。そうしたデュムーリエを、先王時代の政争など関係なしに再び重用することに決めたのが、新時代のフランス王、このルイ十六世というわけなのだ。

――やはり、シェルブールは悪くない。

一七八六年に視察したとき、現地で王を迎えてくれたシェルブール総督こそ、当時のデュムーリエ連隊長だった。英仏海峡に面する海軍基地の必要を訴えられて、シェルブールという格好の素材を発見してきたのが、そもそもデュムーリエだった。

これまた劣等感の裏返しで、もちろん野心家である。悪い意味でいうのでなく、上昇志向が強いために、デュムーリエは万事に積極的だというのである。こたび南西フランスの駐屯地ニオールの勤務から、パリに戻ることになりましたと、自らテュイルリ宮まで挨拶《あいさつ》を捧《ささ》げにきたのも、同種の積極性がなせる業《わざ》に違いなかった。

革命など、完全に予想外の展開だったのだろう。新たな政局に出遅れたと、自分でも臍《ほぞ》を噛《か》む思いだったのだろう。挽回《ばんかい》するためなら臆面《おくめん》もないというのが、デュムーリエという男なわけだが、おかげでルイは思い出すことができたのだ。ああ、シェルブールの思い出は悪くなかったと。ああ、シェルブールには人がいたのだと。

「ラコストは海軍大臣を受けてくれましたよ」

と、ルイは続けた。報告のような形になったのは、ラコストなる者を抜擢《ばってき》した人事が、その数日前に寄せられたデュムーリエの推薦に基づくものだったからである。

もっともラコストと名前を出されれば、記憶力に優《すぐ》れるルイは、ああ、あの男かと即座に思い出すことができた。辞任したモルヴィルの後任としたのは、やはり海軍畑の人材だった。もっとはっきりいうならば、総督デュムーリエの部下としてシェルブールに勤務していた、元の将校である。

「で、デュムーリエ殿、朕《ちん》なりに色々と検討した結果、貴殿のほうには外務大臣になってほしいと思うのですが」

「外務大臣、でございますか」

「ドレッサールは辞めましたからね」

そう言葉を足しながら、ルイは辞退の言葉も形ばかりはあろうかと考えていた。それがしなど、かかる重責を担える器ではありません、とかなんとかだ。

ところが、デュムーリエは即答だった。

「承知いたしました。陛下、身に余る光栄でございます」

「そ、そうですか。いや、ええ、よかった」

いくらか慌てさせられたが、取り戻せないほどの動揺ではなかった。ああ、デュムーリエはそういう男だ。ルイは続けた。

「あとは法務、内務、財務のポストが残るわけですが、正直いうと、朕にはあてがありません。どこか伝《つて》を頼るしかないわけですが、ふむ、デュムーリエ殿、まさに適任という人材となると、やはり何人もは推薦できないものなのでしょうね」

デュムーリエはその太い眉《まゆ》を上下させて頷《うなず》いた。

「そうですな。小生も軍人でございますれば、ラコストのような軍人であれば、自信をもって推薦することができます。けれど、他の畑となると……。貴族社会の伝を頼るといっても、この御時世でございますれば……」

デュムーリエは答えに窮したようにみえた。それを空々しい演技とまではいわないもののの、これで引き下がるような男でもないと、その点に関してはルイのほうに自信があった。ええ、そうでしょうな。ええ、ええ、仕方がないことです。

「もとより人事は朕の仕事ですから、こちらで考えることに……」

「恐れながら、陛下」

引き取ろうとしたところ、案の定でデュムーリエは食い下がった。確かに小生は存じ上げません。しかしながら、小生にかわって有為の人材を推薦できそうな人物なら、存じております。

「ジャンソネという男です」

「ほお、ジャンソネ。どういう男かね」

「アルマン・ジャンソネ、ジロンド県選出の立法議会議員です」

「ジロンド県というと……」

「南西フランス、ボルドーの出身でございます。小生が赴任しておりましたニオールからも遠からず……」

「それで懇意になったというわけかね」

「確かにジャンソネはボルドーの国民衛兵隊でも指導的な立場を占めておりました。モントーバンで騒擾《そうじよう》が起きたときは、その鎮圧作戦にも参加しております。同じく派遣された小生と、そこで共闘したことも事実なのでございますが、とはいえ、懇意といえば、もっと以前からの懇意、それこそ子供の頃から知っております」

「子供の頃から、かね」

「ジャンソネの父親というのが、軍医でございましたもので」

「なるほど」

それは知らなかったと、ルイは心のなかだけで続けた。議員ジャンソネと親しくしているらしいと、そこは調べがついていた。なにゆえの懇意なのか、そこまで突き止める必要は感じなかったので、そのまま掘り下げずにいたが、なるほど軍医か。それならデュムーリエの人脈に絡んできて、さほどの不思議もないわけか。

――それにボルドーは港町だ。

ジャンソネ軍医も、あるいは海軍の所属だったかなと思いながら、ルイは素知らぬ顔で話を続けた。

「それで、そのジャンソネ議員だが、議会ではどのような」

「外交委員でございます」

「そういう意味ではなくて、どこの派閥に属しているのかと。やはり、フイヤン派ですか」

「いいえ、ジャコバン派です」

「ジャコバン派と」

ルイは意図して、眉間《みけん》に深い皺《しわ》を寄せた。ジャコバン派か。それで外交委員か。

「あっ、もしかすると……」

「陛下、なんでございますか」

「いや、そのジャンソネだが、戦争に賛成の立場なのかね。それとも反対の立場かね」

「賛成しております。それも熱心な推進派です」

「とすると、ジャンソネはブリソ派とか、ああ、ボルドーだから、そうか、ジロンド派とか呼ばれる一派ではないかね。ジャコバン派のなかでも、なんだか妙に勢いがあるという」

「お気に召しませんか」

「ううむ、その者たちは共和主義者ではないのかね」

「そういう意見を持つ者も、なかにはいるようです。しかしながら、実際に話してみた印象では、がちがちに理想一辺倒というのでもなく、意外に現実的な発想もするようでございます」

「そうか。それにしても……。ううむ……」

「ブリソ派もしくはジロンド派の推薦となると、陛下としては、やはり抵抗感を禁じえないということでございますか」

「いや、待ちなさい。朕はフランスの王です。この革命の時代にあっても執行権の長ではあります。考えるのは、いかにして有為の人材を閣僚に揃《そろ》えるかと、それだけです。有為というのは、現下においてフランスが直面している問題を解決できるかどうかと、これに尽きます。政治というのは、そういうことでしょう。ええ、ええ、理想にこだわるのは、哲学者のすることだ」

「有能な人物であれば、ジャンソネの推薦でも、ジロンド派の閥でも構わないと仰《おっしゃ》いますか」

ルイは強く頷いた。

「有能な人材なら、ええ、やむをえません」

嘘《うそ》をいったつもりはなかった。ああ、有能な人材なら、やむをえない。

実をいえば、ルイ自身からして、もはやブリソ派もしくはジロンド派しかないだろうと考えていた。現下においてフランスが直面している問題を解決する。それは諸外国を向こうに回して、無謀な戦争を始めてくれるという意味だからだ。ああ、ブリソらの一党に任せれば、あっという間に開戦してくれるだろう。開戦を望むなら、連中と組むしかないだろう。それでも、ナルボンヌ・ララのような関《かか》わり方では駄目だ。あくまでも受け身の態度が大事だと、それがルイの考えだった。内閣の強硬な薦めがあったから、王として渋々ながら了解したと、そうした形が重要なのだ。

――というのも、開戦すれば、フランスは負ける。

いや、必ず負けてもらわなければ、ルイには当てが外れることになる。連戦連敗で、外国の軍隊が進駐してくれればこそ、こしゃくな革命は倒れるのだ。君主たる者の権威をもって、諸外国の王侯に撤兵を働きかけ、フランスに平和が取り戻された暁《あかつき》にこそ、ルイ十六世の王政は復活するのだ。

――そのためには、負けた責任を取るのが、私であってはならない。

執行権の長として、戦争も形ばかりは始めなければならないだろう。が、それは誰の目にも、実質的にはブリソが始めた、ジロンド派の内閣が強行した、王は面々を推薦したデュムーリエの声に耳を傾けただけなのだと、そうみえなければならないのだ。

「ですから、デュムーリエ殿、その、なんだ、ジャンソネ君ですか、とにかく、内々に話を通してみてください。当然ながら、私としても慎重にならざるをえないのですが、ええ、ええ、有為の人材であれば、とことん依怙地《いこじ》になるでなく……」

「承《うけたまわ》りましてございます」

初老の男らしく、デュムーリエは上辺こそ重々しい声で受けた。が、その実の内心では、もう有頂天なはずだった。この野心家にしてみれば、大臣の椅子《いす》を手に入れられただけの話ではなくなるからだ。

同時にジロンド派に恩を売ることができる。入閣の後ろ盾として、事実上の閣僚首座を占めることができる。

閣議の間を辞したとき、デュムーリエの小柄な身体《からだ》は大袈裟《おおげさ》でなく、飛んで跳ねるようにみえた。だから、きっと、うまくいく。フランスの政局は私が書いた筋書きの通りに運ぶ。が、だからといって、浮かれてなどいられない。

——いよいよ勝負だ。

この夏までには大きな山場も迎えるだろう。そうした見通しで覚悟を決めると、ルイも閣議の間を後にした。

夕焼けの時間は、いつしか終わっていた。燃えるような朱の色は、もう射しこんでこなかった。

だいぶん暗い。手燭《てしょく》くらいかざしたいところだったが、大切な会談だからと人払いしていたので、気が利く侍従も今日のところは蠟燭《ろうそく》を灯《とも》しにこなかった。王族の生まれながら、ルイは自分で火をつけられないわけではなかったが、それも今の気分としては面倒くさかった。

——だから、せいぜい気をつけることにしよう。

王妃マリー・アントワネットの部屋は今も中上階に置かれていた。まっすぐ向かうつもりであればなおのこと、ゆめゆめ足など踏み外さないよう、暗がりの階段だけは慎重に下りなければならなかった。

12——持ちこまれた話

一七九二年三月二十一日、こんなに夕《ゆうべ》が待ち遠しい日もなかった。なにしろロラン夫人ときたら、朝の七時に起きたときには、もう平静ではいられなくなっていた。紛らわせるためにも、ずっと忙しくしてはいた。掃除女の仕事ぶりを、ほとんど睨《にら》むような目つきで監督してみたり。今宵《こよい》は特別な晩餐《ばんさん》になるからと、厨房《ちゅうぼう》に事細かな注文を出してみたり。ゆめゆめ粗相がないようにと、玄関番に何度も念を押してみたり。思いつくかぎりをやってみるのだが、何をしても落ち着かない一日だったのだ。

ふと気がつけば、意味なく手を揉《も》んでいた。こんなことをしている場合じゃないと自らを叱《しか》りつけて、ようやく化粧を直さなければと思い立つ。とんちんかんな真似《まね》をしていると自覚せざるをえなくなるほど、いよいよ子供のようにただ待つのが苦しくなる。

まだか、まだかと繰り返し見やるうち、遅々として針を進めない柱時計まで歯がゆくなった。こんな思いを味わわされるなら、いっそ夕など永遠に来ないでほしいと思うそばから、いや、いや、どんな思いを味わわされても、この夕だけは逃すわけにはいかないと思いなおす。それほどまで切望していたはずなのに、だから奇妙なものだという。いざ呼び鈴が響く段になると、ロラン夫人は怖いような思いに駆られた。

——ついに、きた。

少なくとも心臓は、暴漢かなにかに襲われでもしたかのように、大きく跳ねた。最初の衝撃をやりすごしても、どきどき、どきどき、胸の動悸《どうき》は容易に収まらなかった。その激しい乱れ方ときたら、ほとんど立っていることさえ辛《つら》く感じさせるほどだ。

——どうしよう、こんなときに。

そう狼狽《ろうばい》しかけてから、ロラン夫人は今度も遅れて気がついた。私がしなければならないことなんて、これといってないんだわ。

事実、夫のロランが予定の来客を迎えていた。玄関口まで出ている背中を、ロラン夫人は少し離れたところから見守っているだけでよかった。その夕にブリタニク館を訪ねてきたのは二人、ブリソとデュムーリエだった。

——不思議なものだわ。

高鳴りを収めるための方便にも、ロラン夫人は胸の内に呟《つぶや》いた。なにが不思議かといって、デュムーリエという男の存在感だった。

ほんの数カ月前までは、その名前も知らなかった。サロンに迎えるようになってからも、ブリソと親しく肩を並べている光景など、ちらと想像したことさえなかった。にもかかわらず、その作家畑に由来する論客を同道させて、自《おの》ずと年季を思わせる軍服姿ときたら、すっかり積年の同志ではないか。この晴れの日に出迎えてみれば、はじめから約束された庇護者《ひごしゃ》のようにも感じられるではないか。

——拒まないものだわ。

ロラン夫人は改めて思う。ええ、大物は拒まないものだわ。ジャンソネに将軍と紹介されるや、笑顔と一緒に大きくサロンの扉を開いて、まさに大正解だったわ。

先のことは、ずいぶん読めるつもりでいた。そう自負あるロラン夫人にして、今度だけは思いもよらない展開だった。知遇を得てから、ほんの二カ月ほどでしかない三月十五日に、デュムーリエは突如として外務大臣になったのだ。

内閣改造の事態は、当然ながらロラン夫人も知っていた。というより、知らずには済まされない。ジャコバン・クラブの主戦派とフイヤン・クラブの主戦派の共闘が、ナルボンヌ・ララ伯爵の更迭《こうてつ》で頓挫《とんざ》しかけていたからだ。

その報復として、ブリソら立法議会の議員たちは、そのときの外務大臣ドレッサール弾劾《だんがい》に踏みきったが、かねて構想してきた政界再編が危うくなった形勢に変わりはなかった。ええ、これで内閣は動かなくなった。議会工作だって、覚束《おぼつか》なくなってしまった。

——けれど、まあ、いいわ。

今となれば御破算になって、かえって重畳《ちょうじょう》だったと思う。同じことを考えていた人間が、他にもいたようだったからだ。スタール夫人、つまりは一七八九年に平民の星と謳《うた》われた財務長官ネッケルの、いくらか才走った感のある跳ね返り娘も、ほぼ時を同じくして、ほぼ趣旨を同じくする政界再編に、一通りでない力の入れようだったのだ。

ロラン夫人にすれば、これまた好きな女ではなかった。スタール夫人の生き方にも、やはり共感できなかった。つまりはタレイランにナルボンヌ・ララと、二人同時に愛人にしている恥知らずで、あなたのような輩《やから》がいるから、いつまでたっても女は尊敬されないのだと、腹が立つばかりなのだ。

が、それだけに影響力は決定的だった。

──スタール夫人に手柄を取られるのでは……。

政界再編の意味がなくなる。だから未練などないと強気のロラン夫人にも、他に妙手があるではなかった。

これは窮したと呻《うめ》いている間に聞こえてきたのが、新しい外務大臣が内定した、海軍畑の人間で、名前はデュムーリエだという、まさに仰天の報《しら》せだった。

「それって、あのデュムーリエさんで間違いないの」

ブリタニク館に聞こえてきたのは、三月十四日の宵だった。事情通が集まるサロンだけに、ほぼ第一報だったといってよい。それだけにロラン夫人は、はじめ容易に本当にできなかった。

——全体どういう人事なの。

大きく首も傾《かし》げたが、もう直後には放念した。抜擢《ばってき》の内幕など、どうでもよかった。なんとなれば、その新しい大臣は自分のサロンに顔を出したことがあったのだ。またぞろスタール夫人なんぞに、嫌らしく腕を取られてしまわないうちに、素早くブリタニク館に招待して、さしあたりの就任祝いでも催さなければならなかったのだ。

——ええ、遠慮なんかしていられないわ。

大物には取り入らなければならないもの。そう自分を発奮させて、勢いつけて動き出そうとした矢先に、訪ねてきたのがアルマン・ジャンソネだった。

デュムーリエを紹介してくれた男だ。ちょうどよかった。そう切り出す間もなく、当のデュムーリエが同道していた。のみか、ブリソも、ペティオンも、ヴェルニョーも、デュコもいて、一様に興奮顔になっていた。

「というのも、うちから大臣を出してほしいということなんだ」

明かしたブリソは、常ならずも声を上擦《うわず》らせたものだった。

なるほど、平静ではいられない。ブリソ派もしくはジロンド派の内閣を成立させることができれば、全て思い通りになる。内閣を挙げて、開戦に動き出すことができる。主戦派を糾合《きゅうごう》する議会工作にも、これで弾みがつくだろう。

それはロラン夫人としても、興奮せずにはいられない話だった。なんとなれば、自分のサロンから大臣が出るというのだ。デュムーリエだけでなく、他にも二人、三人と。

──しかし……。

あまりといえば、あまりにうまい話だった。さすがに胡散《うさん》くさくも感じられてきた。ええ、迂闊《うかつ》に乗れたものじゃないわ。ブリソ派もしくはジロンド派の内閣なんて、ルイ十六世の望みじゃないはずだもの。

誰が考えても、そうだった。あるいは王が政見を改めたということか。それともフイヤン派とうまくいかなくなったのか。

──ひとえにデュムーリエに信任厚いということなのかしら。

この男の推薦ならば、ルイ十六世はブリソ派もしくはジロンド派でも、いや、ジャコバン・クラブの人間も、コルドリエ・クラブの人間も関係なく、全て無条件に受け入れるということなのかしら。

それとなく探りを入れてみれば、確かにデュムーリエは王の気に入りではあるようだった。なんでも陛下の肝煎《きもい》りで進められたシェルブール軍港の開設に、抜群の功績があったという話で、土台が海軍贔屓《びいき》の陛下は、それから側近同然に遇してきたのだという。

「ですから、小生が推薦すれば、まず入閣は間違いないという状況です」

これみよがしの勲章が揺れる軍服の胸を叩《たた》き、デュムーリエは請け合ったものだった。

が、だからこそ、いよいよ二の足を踏むという理屈もある。

――この軍人は本当に大丈夫なのかしら。

つまるところ、ロラン夫人は疑った。身も蓋《ふた》もない言い方になってしまうが、デュムーリエには山師めいたところがないではなかった。

きっちり着こなされた軍服、たっぷり粉をふりかけた鬘《かつら》の頭、それに息が詰まるほどの香水は、紳士の嗜《たしな》みという域を超えて、かえって詐欺師めいていたのだ。

海上で鍛えたと思しき野太い声と、脂ぎるほど灰汁《あく》の強い面相で、無理に相手を丸めこもうとする言動も散見されないではない。尋常な軍人というより、外国で汚い仕事をしていた密偵上がりだと、悪口をいう向きもないではなかった。

持ちこまれた話が結構なものであるだけ、いっそう警戒してかからなければならない。そうやって、ロラン夫人が距離を置きかけた矢先だった。

デュムーリエはジャコバン・クラブに乗りこんだ。三月十九日の話で、たまたま居合わせたブリソ派もしくはジロンド派の者たちにとっても、それは瞠目《どうもく》に値する事件だった。

新しい外務大臣は、ここでも話題の的だった。だからというわけではないが、デュムーリエは予告も、約束も、ほんの仲間内での根回しもないまま、つまりは完全な独断でサン・トノレ通りに向かった。全国連絡委員会の報告中に現れると、それを遮《さえぎ》り、いきなり議長に発言を求めた。あげく、よく通る声で高らかに宣言したのだ。

「はじめに明らかにしておきます。小生の望みは愛国者として振る舞うことだ。そのため当会におかれては、小生に助言を寄せてほしいのです。あるいは真実を告げてほしいのです。そう、真実、どんなに重い真実でも、小生は受け止めたいと思います」

それまでの常識で、閣僚といえば国民の敵、ジャコバン・クラブの敵だった。が、この新しい大臣は違うらしい。クラブの主張にも耳を傾けてくれるらしい。そう会場に信じこませると、デュムーリエは「当会は閣下を会員のうちに数えられることを名誉とする」云々《うんぬん》の宣言を、その場で採択させてしまったのだ。

――しかもデュムーリエは、そのとき赤帽子《ボネ・ルージュ》をかぶっていた。

赤帽子というのは、ブリソが『フランスの愛国者』紙上で不特定多数の読者に着用を呼びかけているもので、つまりは国民の間に開戦気運を高めるための小道具だった。それを頭に載せたデュムーリエは、自ずから主戦派の立場を鮮明にしていたことになる。

もちろん、ジャコバン・クラブにも主戦派は少なくない。が、反戦派もいないわけではなかった。なかんずく喧《やかま》しい男がいる。案の定で、ロベスピエールは発言を求めてきた。しかし、なのだ。

「大臣が真の市民でありえず、また愛国者ではありえないなどとする論者がいれば、どうにも感心できません。むしろ私はデュムーリエ閣下が示された幸福な予兆を、喜びをもって支持したいと思っています。ええ、私のほうも宣言いたしましょう。閣下が言葉通りの振る舞いを示されるなら、我々は閣下の同胞となり、また支持者となるでありましょうと」

デュムーリエは機会を捕えるのも巧みだった。再び登壇すると、そこでロベスピエールと固い抱擁を交わした。ジャコバン・クラブ中が見守るなかで、あのロベスピエールと、である。

――どういうからくりなのかしら。

ロラン夫人には完全な謎《なぞ》だった。その模様は人伝《ひとづて》に聞いただけで、その場のジャコバン・クラブに居合わせたわけではない。であれば、まずは信じられない。ましてや、理解の範疇《はんちゅう》ではありえない。

なんとなれば、ロベスピエールは自分が何度となく懐柔を試みて、ただの一度も靡《なび》かせたことのない相手なのだ。やはりというか、同夜すぐあとに続けられた討論では、躊躇《ちゅうちょ》なく赤帽子運動の廃止を訴えたような、がちがちの石頭なのだ。

――それを靡かせるとは……。

驚きを禁じえないと同時に、ロラン夫人は頷《うなず》けるような気もしていた。デュムーリエは普段みている議員、政治家、官僚という面々とは、明らかに毛色が違う感じがする。精密な論理で話をすることで、相手の理性に働きかけるというよりも、その豪快な陽性の虜《とりこ》にして、相手の心をつかんでしまう。あるいは革命家という人種は、こうした規格外の個性に弱いのかもしれない。

――とすると、ルイ十六世の心くらいは虜にして当然か。

ロラン夫人のなかに、信じたいという衝動が生まれていた。デュムーリエという人物は、考えていた以上の大器なのかもしれない。あるいは軍人として、大臣の腹心として、さらには密偵として、アンシャン・レジームの頃から海千山千の経験を積み重ねてきた男は、ここに来て、その驚嘆に値する真価を、いよいよ発揮しようとしているのか。

気がつけば、同志として、庇護者として、デュムーリエの存在感が決定的に大きくなった。これほどの大物が自分のサロンに足繁《あししげ》く通ってくる。そう思えばロラン夫人は、自分のことまで格が上がったように感じる。となれば、もう慎重な判断だの、自制の意識だのは、まさに風前の灯《ともしび》である。

13——晴れの日

ブリタニク館の玄関に現れると、その日もデュムーリエは大きくみえた。初見のときより、格段に大きい。ありえないとは思いながら、もしや背が伸びたのではないかとさえ疑いたくなる。

「フランス王ルイ十六世陛下の名代《みょうだい》として参りました」

と、デュムーリエは始めた。口上自体は意外でもなんでもなかった。この外務大臣こそ内閣の首座であり、また閣僚人事の鍵《かぎ》を握る人物だったからだ。

そうした資格で訪ねてくることも、事前に知らされていた。単に知らされていたのみならず、それは周到に準備された話でもあった。

「急がなければならない。あの気まぐれな王の気が変わらないうちに」

密室ならぬサロンでの閣僚選びも熱を帯びる一方だった。

ジャンソネの線から持ちこまれた話だけに、なかんずく張り切ったのが、ヴェルニョーやデュコというジロンド県選出組だった。故郷の政治活動では盟友というべき人物だったとの触れ込みで、アントワーヌ・デュラントンというジロンド県の副知事を法務大臣の地位に推し、ボルドーから急ぎ上京させることを、いきなり決めたほどだった。

パリ着は四月半ばになるというから、急ぐという割には悠長な話だったが、やむをえない事情はあった。

内閣に人材を送りこまなければならないといって、ブリソ派もしくはジロンド派に人材が豊富なわけではなかった。広くジャコバン・クラブのなかから選ぶというわけにもいかず、ブリタニク館に出入りの顔ぶれから選ぶとなると、やはり限られてくるのだ。

立法議会の開幕から、少しずつ形を取り始めた徒党である。パリ市長ペティオンはじめ、元の議員も多くが公職を得ている。政治クラブのように多数の一般会員が籍を有しているでもなく、仲間のほとんどは議員なのである。

――だからと、またボルドーから呼ぶわけにはいかない。

ブリソの意向で、財務大臣にはクラヴィエールを当てることになった。エティエンヌ・クラヴィエール、五十七歳になる紳士はジュネーヴ出身の銀行家で、パリの財界においてはネッケルの好敵手といわれたほどの敏腕家だった。

若い時分からルソーに傾倒していた一面もあり、その志向でブリソとは二十年来の友人だった。というか、ブリソの先達《せんだつ》にあたる、かのミラボーの懐刀で知られたのがクラヴィエールであり、その作家活動、政治活動を物心両面から支えてきた経緯もある。一時はネッケルにかえて、財務長官にという話もあったほどであり、まずは順当な抜《ばっ》擢《てき》だった。

——残るは内務大臣のポストだけ。

玄関内の吹き抜けに、柔らかな光が満ちていた。夕陽は夕陽で間違いないが、橙色《オランジュ》というより、檸檬色《シトロン》に近い光だった。

その煌《きらめ》きに包まれるほど、デュムーリエは幸福の使者にみえた。からくり全てを了解していたとしても、感動が割り引かれるわけではなかった。その分厚い唇が動きを続ける素ぶりを示せば、さあ、いよいよだとロラン夫人の気持ちは昂《たかぶ》るばかりだった。

——さあ、あなた。

ロランときたら、ここに来て落ち着きを失っていた。

一日のんびりとしてすごし、この夫は気持ちが昂ることがないのかと訝《いぶか》しく思うほどだったが、この期《ご》に及んで緊張して、すっかり呑《の》まれた様子だった。この晴れの日の主役であるにもかかわらず、いつもながらの脇役《わきやく》めいて、なんだか誰かに取り次ぎでも頼まれたかの及び腰なのだ。

あちらの役者は、さすがの堂々たる演技だった。

「こたびの内閣改造において、貴ロラン・ドゥ・ラ・プラティエール氏には、内務大臣として入閣していただきたく、お願いに参りました次第です」

デュムーリエは続けた。ええ、はっきり聞こえたわ。他の名前など呼ばれようもないのだと、これまた事前に承知の話であっても、やはりロラン夫人は興奮の極みだった。なんとなれば、大臣なのだ。自分の夫が閣僚の地位に上るのだ。フランスという国家の執行権を握り、この国の政治さえ動かすという頂点の一角に座るのだ。

――私の夢がかなった。

いや、自分の力でかなえたのだと、ロラン夫人は感動の最中《さなか》にも訂正した。内務大臣には誰を就けるか。その人事については、実は揉《も》めないではなかった。パリ市長ペティオンに兼務させるという考え方もあった。シャルトル派というのでないながら、同郷のブリソが出してきた案で、一時はパリ市長を辞任してもという話になった。が、さすがに惜しい。せっかくの選挙を勝ち抜いての市長就任なのである。窮した隙《すき》に前に出たのが、これは自分たちの手柄と勢いづいているジロンド組で、またぞろジロンド県からの招聘《しょうへい》を持ちかけてきた。もうひとり、ボワイエ・フォンフレードという有為の人物がいるからと、かなり強い推薦もなしたのだが、これにはブリソやペティオンが難色を示した。

このままでは仲間割れになる。分裂すれば、いよいよ徒党といえるほどの数もなくなる。ロラン夫人は今こそと介入した。というより、また浅はかな女のふりをした。ですから、こっちで出す、あっちで出すで、内輪喧嘩《うちわげんか》をなさるより、これを機会に御仲間《おなかま》を増やしては如何《いかが》かしら。

「つまり、シャルトルでも、ボルドーでもないところから、お選びになっては」

第三勢力のなかから選べと勧められて、選択肢がないわけではなかった。

ひとつにはフイヤン派の主戦派から抜擢する方向があった。かねて考えてきた政界再編の路線を生かす発想である。必然的にナルボンヌ・ララ、タレイラン、なかんずくラ・ファイエットの人脈ということになるが、水面下の共闘はさておくとしても、表だって入閣させるとなると、いくらなんでも露骨にすぎた。

なんといっても、「シャン・ドゥ・マルスの虐殺」に手を染めた張本人なのだ。パリ市長の座を巡り、ペティオンと争ったという経緯もある。なにもラ・ファイエット本人を入閣させることはないとの考え方もあろうが、その郎党を抜擢するにしても、うるさい新聞屋連中は「裏切り」を書き立てるに違いなかった。

加えるに、それでは内閣の顔ぶれが、いかにも旧貴族の軍閥という風になる。陸軍大臣グラーヴ、海軍大臣ラコスト、外務大臣デュムーリエと、すでに三人までが軍服なのである。

「さらに軍人が並べば、まさに開戦内閣という感じになってしまいますね」

やりすぎだという意見は、ロラン夫人ならずとも表明した。こちらのブリソ、ペティオンにせよ、あちらのヴェルニョー、デュコ、ジャンソネにせよ、フイヤン派からの登用に固執するではなかった。

「コンドルセ氏は、どうだろう」

そういう声も上がった。なるほど、旧貴族ながら最後の百科全書派で、啓蒙主義《けいもうしゅぎ》思想家の顔を持つ文化人なら、内閣の強面《こわもて》な印象も和らぐに違いなかった。

最近はブリソ派もしくはジロンド派とも共闘の姿勢を示していた。ラ・ファイエットを支持したと思えば、ジャコバン・クラブの議論にも加わりと、そもそも党派色が強い人物ではなかった。

「広く内務を担当するに、まさに適任といえましょうけれど、惜しむらくはコンドルセさんも議員であられますわ」

コンドルセはパリ選出議員として、立法議会に議席を有する立場だった。いくら内務大臣になれるからと、議員辞職を決断するとは思えず、また挙げての説得で決断させても、今度は議会運営上の損失になる。

「ならば、シェイエス師はどうか」

かつての憲法制定国民議会の議員であれば、シェイエスも今は下野《げや》を余儀なくされていた。立憲派パリ司教のポストを辞退するまま、なにか公職につくでもなく、本当の隠棲《いんせい》状態なのだという。

これだけの人材を埋もれさせておく手はない。「第三身分とは何か」と叫んだ論客は、コンドルセに劣らぬ知性派であるばかりか、知らぬフランス人がいないくらいの有名人でもある。

「けれど、シェイエスさんの隠棲は、一説にはジャコバン・クラブとフイヤン・クラブの分裂に嫌気がさしたからともいいますわ」

政界に戻る気はないのではないかと仄《ほの》めかしながら、いうまでもなく、ロラン夫人には他に温めていた腹案があった。誰がどう、彼がどうと論じることは論じるけれども、意中の内務大臣候補は、はじめから決まっていた。

「ですから、どうでしょう、ロラン夫人、ここは御主人にお願いできませんか」

そう切り出してくれたのは、ブリソだった。

内々に話は通していた。なにか主人で役に立てるような仕事があれば、それを拝命した暁《あかつき》には自分も裏から支えるからと、一党の指導者格にはロランを抜擢してくれるよう、あらかじめ頼んでおいたのだ。

――もちろん、下品な真似《まね》をしたわけではない。

そのために女の武器を使うなら、それこそ下《げ》の下だ。それとない仄めかしと朗らかな笑顔だけで男を自在に転がせてこそ、一流の女というものではないか。ええ、ブリソなら、それで落ちるわ。気鋭の論客は、家庭人としては律儀者の子沢山だもの。それほど多くの女を識《し》るわけじゃなさそうだもの。女に特別な執着がある様子もみられないから、ええ、朗らかな笑顔を向けたうえに、お願いに紛らわせて、ひとつ手でも握ってあげれば、もう私の頼みを断りやしないわ。

そうした自信の通りに、ロラン夫人は見事に思いを成就させた。それが証拠に、目の前の決定的な場面をみよ。

内務大臣就任を要請されると、ロランはデュムーリエに答える前に、ちらりとこちらの顔をみた。もちろん、ロラン夫人は得意の笑顔で頷《うなず》いた。励ますように、強く頷いてやった。

「お受けいたします」

と、ロランは答えた。声は少し震えたが、確かに答えた。内務大臣ロラン・ドゥ・ラ・プラティエールの誕生だった。また私も大臣夫人だわ。ロラン夫人は興奮の胸中に、少し浮ついた言葉を並べた。ええ、ふわふわしている。けれど、少しだけ。まず間違いないところ、これで一流の女だわ。ポンパドール侯爵夫人に並んだんだわ。いえ、今の政局からいえば、もう王妃マリー・アントワネットより上といえるわ。だって、ロランは私の言葉を閣議に運ぶだけだもの。ルイ十六世以上にいいなりだもの。フランスという国の舵取《かじと》りは、もう私に委《ゆだ》ねられたも同然だもの。

——女王になったようなものだわ。

もちろん鼻を高くするばかりじゃない。それだけの働きは示さなければならない。ええ、これから忙しくなるんだわと肝に銘じて、自分を謙虚と思うあたりは自惚《うぬぼ》れなのかもしれないと、ロラン夫人にしても全く自覚がないではなかった。

——ビュゾさんなら……。

全然違っていただろう、こんな気分ではなかったろうと、ちらと思いついたからだ。あの有為の若者とて、内務大臣のポストに推して推せないわけではなかった。第一に現職の議員ではない。第二にすでに歴《れっき》とした公僕である。ジロンド県の副知事が法務大臣になれるなら、ウール県の刑事裁判所長が内務大臣になれないわけがないのである。

——だから、推薦できないではなかったけれど……。

その名前をロラン夫人は声に出すことができなかった。ビュゾと発音してしまえば、その刹那《せつな》すでに侮辱を加えたも同然なような気がして、軽々しく唇を動かす気にはなれなかった。

大臣のポストであれば、あるいは喜ばれたのかもしれない。あなたに代わる女性はいないと、感謝されることだってあったろう。それでも私は、あのひとのことだけは、こんな風に道具としては……。

14――不機嫌

身体《からだ》の勢いで逃げないよう、はじめに椅子《いす》の背に手をかける。それからロベスピエールは、まるで座面に崩れるように腰を下ろした。

ふうと大きな溜《た》め息《いき》をひとつ、そうしなければ凌《しの》げないほど、疲労困憊《ひろうこんぱい》していたわけではなかった。

疲れていたのは、むしろ心のほうだった。さんざ荒れた内心を周囲にわからせないではおかないぞと、そんな衝動に駆られている自覚はある。それでも自制を利かせる余裕まではなかったのだ。

周囲といって、具体的に誰なのか。わからせるといって、どんな反応を期待しているのか。それすら判然としない支離滅裂な行動は、自分らしくないとも思うが、なおロベスピエールは暴れる感情の虜《とりこ》にされて、そこから逃げ出すことができなかった。

四月二十七日、柱時計の針はそろそろ十時を指すが、まだ終わりにはならない。今夜のジャコバン・クラブでは、次なる論者が登場するらしかった。

議長を務めていたのがダントンで、その大きな手をひらひらと動かすと、それだけで集会場の全員に注目を強《し》いてしまう。手際《てぎわ》の良さは魔法さながらで、新たに紹介された僧服の人物こそ幸運と心得るべきだった。

「ピエール・ドリヴィエ神父、モーシャン村の教区司祭で、選挙人でもあられる。今日はエタンプ近郷から来られたってことだ」

と、ダントンは始めた。ドリヴィエという名前に、ロベスピエールは覚えがなかった。実際その顔も知らないものだった。ただエタンプと都市の名前を聞けば、いくらか思うところはある。まだ記憶に新しいからである。

過ぐる三月三日、パリ南方の地方都市に血なまぐさい事件が発生した。パンと穀物の価格高騰《こうとう》に激怒して、価格統制を切望した群集に、それを拒絶したエタンプ市長シモノーが、無残に殺されてしまったのだ。

いわゆる「エタンプ事件」については、目下関係者の処分が進められている。

ダントンは続けた。ああ、暴動に参加した村人たちに、逮捕、そして告発の手続きが取られているわけだが、神父ご自身は無論のこと、神父のモーシャン村からして、一連の行動には連座してないそうだ。ただ同じエタンプ一円の人間として、地域の実情はわかると。獄につながれた隣人たちの境遇をみるにつけ、議会に寛大な処置を願わずにはいられなくなったと。ええと、「モーシャン、サン・シュルピス・ドゥ・ファヴィエール、ブルイエ、サン・ティオン、シャフール、ブルーのエタンプ近郷諸村の、同市で起きた不幸な事件に幸いにして関与しなかった四十人の市民の請願」と題した文書を届けるための上京なんだが、その前にジャコバン・クラブにも事情を理解してほしいと、わざわざおいでになられたというわけだ。

「てことで、どうぞ、ドリヴィエ神父」

登壇したのは痩《や》せぎすで、そのかわりに背が高い男だった。

ひとつ会釈してから、神父は始めた。

「皆さんは人道的な諸権利のために戦っておられる方々だと、そう思って参りました。私たちがエタンプ近郷の市民四十名の連名という形で、議会に請願を出しにきたのも、同じく人道にかなう措置をと切に望んだためなのです」

誠実そのものという顔つきで、落ち着きながらも熱が籠《こも》る話し方は、なるほど平素からの人望を疑わせなかった。とはいえ、椅子に深く座り、最後列に隠れるようなロベスピエールは、もう興味を失った。

ドリヴィエという神父がいおうとしている話の内容が、すでにしてみえた気がした。その通りであるならば、いや、多分その通りなのだが、真面目《まじめ》に耳を傾けるほどの価値はないと、早くも断じてしまったのだ。

「ええ、ええ、エタンプで暴動を起こした人々も、いわば一種の被害者なのです」

案の定で神父は続けた。市《いち》が立つたびに、小麦の値段が上がりました。それも瞠目《どうもく》するほどの勢いで、です。それを私たちは、全体いかなる態度でみていればよかったのでしょう。エタンプでは小麦が三十二から三十三リーヴルにもなっていて、じき四十リーヴルにも届いてしまいそうでした。あの痛ましい結末に通じる一連の運動が発生したのは、こういう状況があったからこその話なのです。その犠牲となって死んだエタンプ市長の運命を思うとき、私たちとて悲嘆の思いに捕われます。しかし、です。もし市長が頑《かたく》なに拒絶の態度を取るのではなくして、それより、もっと心を開いて……。

ドリヴィエ神父が試みたのは、暴徒とされた人々の弁護だった。要するに言い訳であり、泣き言だ。いつものロベスピエールなら、それでも聞いたかもしれなかったが、今日のところはちょっと聞く気になれなかった。

――くさくさして仕方がない。

気が晴れる材料もない。がっくり脱力してしまって、ただ背筋を伸ばすだけの気力も湧《わ》いてこない。

「うまくいかない」

ロベスピエールは小さく呻《うめ》いた。

なにか、しくじったという話ではない。それが自分の仕事なら、どれだけでも上手に片づけてやろうと思う。そうではなくて、容易に手が届かない場所で、どうやっても是認できない現実が、あれよという間に立ち上がったのである。

「内務大臣ロラン、外務大臣デュムーリエ、陸軍大臣グラーヴ、海軍大臣ラコスト、法務大臣デュラントン、財務大臣クラヴィエール……」

おかしな内閣が成立していた。誰なんだと思うような顔ぶれは、いつもの話でしかなかったが、それも今度は元の宮廷貴族ばかりという、ルイ十六世のひとつ覚えにはなっていなかった。

それが証拠に閣僚の何人かなら、ロベスピエールも知っていた。ああ、クラヴィエールというのは確か、ミラボー伯爵のところに出入りしていた男だ。

その同じ人脈に革命前から依存していたのが、ミラボーの一番弟子こと、今や日の出の勢いのジャック・ピエール・ブリソである。

ロランという男についていえば、そのサロンにもペティオンと一緒に、しばしば足を向けていたはずだ。

諸々を思い出しながら、よくよく事情を探ってみれば、なるほど新内閣の多くについて、ブリソの関与を想定することができた。

――ジャコバン・クラブの人間が執行権を掌握した。

そうまとめれば、まさしく快挙の一語だった。フランスで初めて成立した、左派の政権ということにもなる。

――しかし、ルイ十六世に仕えるのか。

言い方を換えてみると、ロベスピエールは複雑な気持ちを禁じえなかった。あえて決断したルイ十六世の腹づもりとなると、まして釈然としないのだが、王については土台が多くを期待するつもりがなかった。恐らくは、なにも考えていないのだろう。が、その抜擢《ばってき》を受けた一党の気分となると、これは容易に捨てておけない。節操がないというか、良識を疑うというか、なんとも釈然としないのだ。

――それとこれとは話が違うという理屈か。

国王陛下には退位を求める。少なくとも特別法廷を設けて、「ヴァレンヌ事件」の真相を明らかにする。かねてジャコバン・クラブが固執してきた主張は、入閣を果たしたからと、あっさり放念するものではない。むしろ入閣を果たせばこそ、実現の道筋をつけられる。これは勝利だ。ときに弾圧さえ加えられてきた立場を思えば、ほとんど夢のような大逆転ではないか。それくらいの理屈は返されるだろうと思い、部分的には正しいとも認めながら、なお素直に喜ぶ気にはなれないのだ。

――少なくとも、私は負けた。

失意に沈むロベスピエールであれば、そうみなさざるをえなかった。すなわち、成立したのはジャコバン派の内閣ではないだろうと。ブリソ派もしくはジロンド派だけの内閣だろうと。

その多くは確かにジャコバン・クラブの人間である。が、だからといって、もはや仲間であるとは公言できなかった。考え方があまりに違いすぎるからだ。少なくとも戦争の是非に関しては、天地というほどの開きがあるのだ。

「やられた」

ロベスピエールは再び呻いた。ああ、やられた。反戦の主張を繰り返してきた身にして、無残な結果と嘆かないではいられないのは、それが戦争、戦争と叫び続けたブリソらの意を受けた、まさに開戦内閣の成立だったからなのだ。

内閣は三月二十五日には、オーストリアに最後通牒《さいごつうちょう》を突きつけた。向こうの返事が芳《かんば》しくないとみるや、皇帝としては戴冠《たいかん》していないフランツ二世を捕まえて、「ボヘミアおよびハンガリーの王」と扱《こ》き下《お》ろしながら、もう四月二十日には宣戦布告に踏みきったのだ。

一月二十四日の審議で、すでに議会は全国五万人規模の徴兵を決めていた。かかる新規の兵団を合わせて、フランス北部方面軍が編成され、その司令官にはロシャンボー元《げん》帥《すい》が任命された。

戦費を賄う方策として二月九日に発議された、亡命貴族の動産不動産を没収する旨の法案も、三月三十日には正式な法令となった。イギリスの中立を確保するため、あのタレイランが密《ひそ》かにロンドンに渡航したとの噂《うわさ》もある。

正式な開戦を待たずして、フランスは準備万端ではあった。であれば、あちらも応戦に抜かりはない。

オーストリアはプロイセンと攻守同盟を取り結び、そのうえでカール・フォン・ブラウンシュヴァイク公爵を全軍の司令官に任命した。軍勢も続々とベルギー国境に到着している。敵も敵で、すでに臨戦態勢なのである。

――もう明日にも戦闘が始まる。

15――開戦

つまるところ、フランスは戦争に突入した。

動かしがたい事実を言葉にして認めれば、ロベスピエールの胸奥からは今なお喉《のど》が詰まるほどの怒りが噴き上げてくる。戦争だと。それもオーストリア、プロイセンと、大国を向こうに回した戦争だと。財政再建は道半ばで、軍隊は破綻《はたん》を来《きた》したまま、内乱の危機にまで見舞われているというのに、戦争を始めてしまっただと。それこそ万能の特効薬であるとして……。その実は幼稚な目くらましにすぎないにもかかわらず……。

――どうなってしまうのだ、フランスは。

本気で心配するほどに、業腹《ごうはら》でならなかった。もう開戦したのだから、今さら何をいっても始まらないと、簡単に割り切ることなどできない。ああ、ブリソたちは許せない。戦争など認められない。けれど、開戦してしまったからには、反戦、反戦の変わらない一本調子が、ここから功を奏するようにも思われなかった。

趣旨を改め、ロベスピエールが取り組んだのが、ラ・ファイエット攻撃だった。

開戦の事態を受けて予想される、最悪の展開のひとつが他でもない、独裁の成立だった。ときに戦争は軍事的カリスマを出現させるからだ。その軍事的カリスマこそ、往々にして独裁者の前身なのだ。今は非常時なのだという口実が、常軌を逸した権力を皆に容認せしむるのだ。


――フランスには民主主義が根づこうとしているのに……。


ここで独裁者が現れて、国民の権利を黙殺することにでもなれば、それこそ革命を起こした意味がなくなってしまう。かかる文脈においては、ルイ十六世の出方にも警戒が必要だろうと、ロベスピエールは考えていた。

戦争とは誰より先に王にとって、またとない復権の好機だからだ。常勝将軍としてフランスの危機を救うなら、「ヴァレンヌ事件」の失点くらいは簡単に帳消しにできるのだ。熱狂する人々の支持に押されて、アンシャン・レジームを再興することさえ夢ではなくなってしまうのだ。

今のところのルイ十六世に、そうした兆候が認められるわけではなかった。執行権の長として、形ばかりは最後通牒《さいごつうちょう》を書き、また宣戦布告をなしているが、それも内閣の意を受けただけの話であり、ぼんやり顔の御本人は変わらず覇気を感じさせないままなのだ。

——やはり最右翼はラ・ファイエットだ。

ミラボーと並んで、革命の最初期を牽引《けんいん》した指導者は、ここに来て落ち目の感を強くしていた。

一七八九年七月、あのバスティーユ陥落の夏からというもの、ラ・ファイエットは専《もっぱ》ら国民衛兵隊司令官として勢を鳴らしてきた。が、警備を受け持つテュイルリから国王一家に逃げられてしまった「ヴァレンヌ事件」の一件に、ルイ十六世の退位と裁判を要求する署名運動を問答無用に弾圧した「シャン・ドゥ・マルスの虐殺」の一件が加わって、あっさり辞職の運びとなった。

一七九一年の秋は憲法制定国民議会の他の同僚たちに同じく、議席を失くした折りでもあった。根っからの軽薄男はそれならばと、今度はパリ市長選に出馬した。が、これまた現市長ペティオンを相手に惨敗して、いよいよ落ち目も決定的なのである。

——それだけに戦争は、やる気まんまんだ。

いうまでもなく、ラ・ファイエットの本分は軍人である。そもそもがアメリカ独立戦争に乗りこんで、名をあげた人物なのである。今こそ失地回復の好機であると、一気に自分の天下を築くことも夢ではないと、もとより時代の寵児《ちょうじ》になるのは簡単な話なのだと、目立ちたがり屋が張りきらないわけがなかった。

——それを許すわけにはいかない。

ロベスピエールはジャコバン・クラブで論陣を張った。それこそ宣戦布告がなされた四月二十日から始めた。

「革命から、ひとつの方程式が生まれたようです。まず武装が呼びかけられる、次に軍隊が組織される、その先頭に野心家たちが据えられるという方程式で、実際に多くの将軍が任命されています。ラ・ファイエット氏も例外ではないでしょう。氏は国民議会の最終審議が終わる瞬間を待っていたのです。国民衛兵隊の最高指揮権を放棄する瞬間を待っていたのです。腹奥の策謀から国民の目を逸《そ》らしながら、念願していた軍隊の指揮権を、まんまと手に入れたというわけです」

ラ・ファイエット攻撃は我ながら唐突の感もないではなかった。が、この動きにマラも加担してくれた。自分も全く同じ意見であると、例の辛辣《しんらつ》きわまる文言《もんごん》を連ねながら、自らの新聞に論説を掲載するなど、精力的な共闘を示してくれた。

頼もしい仲間もいたものだと、ロベスピエールは認識を新たにしたが、かたわらでは失望も味わわされた。やはりというか、ラ・ファイエット攻撃に嚙《か》みついてきたのが、ブリソであり、ガデであり、つまりはジャコバン・クラブのなかでも、開戦内閣と一体化している一党だった。

——だから、くさくさして仕方がない。

事実として、今日二十七日のジャコバン・クラブでも、つい先刻までは火が出るような議論が繰り広げられていた。まともな議論というより、あるいは罵《のの》り合いというべきなのかもしれなかったが、いずれにせよ、ロベスピエールとしても声を嗄《か》らして応酬しないではいられなかった。

なんとなれば、すでに二十五日の発言で、ガデは個人攻撃に及んでいた。

「野心のゆえか、はたまた不幸のゆえなのか、ロベスピエール氏ときたら御自分を人民を代表する偶像であるかのごとくに考えているのじゃありませんか」

他方でブリソはラ・ファイエットを弁護した。

「ええ、ラ・ファイエット氏に第二のクロムウェルの影はみえません」

イギリスの清教徒革命において独裁政権を樹立した、かの悪名高き護国卿《ごこくきょう》の名前を出しながら、そこまで劣悪な人物ではあるまいと巧みな弁護を行ったわけだが、だからこそ、こちらのロベスピエールは思うのだ。

――これで談合の事実が、はっきりした。

ラ・ファイエットを警戒したなら、背後のフイヤン派にも目を配らないわけにはいかなかった。一体に反戦をもって聞こえているが、しばしば軍歴を有するような開明派貴族の一党ばかりは、開戦に肯定的との噂《うわさ》もあった。

実際に前《さき》の陸軍大臣ナルボンヌ・ララ伯爵など、フイヤン派であるにもかかわらず、ブリソらと連携する動きを示した。ラ・ファイエットとて絡んでいないとはかぎらないと、そう疑念を向けたところ、ブリソ自身が裏付けるような発言に及んで、悪びれるところもなかったのだ。

──いよいよ最悪の事態だ。

ジャコバン・クラブの一部とフイヤン・クラブの一部が、主戦の共通項で連携する。ブリソ率いるジロンド派は、一躍議会を主導する立場になる。開戦内閣も立ち上げた。これに抗して、反戦の声など上げれば、当の戦争に育《はぐ》ませた独裁者の暴力を発動して、全てを圧殺してしまうだろう。

──だから、いかなる意味でも、もはや仲間とはいえない。

ぎりと奥歯を噛みしめながら、いよいよロベスピエールも現実を直視せざるをえなくなった。ああ、もう仲間ではない。

立法議会議員として、新たに乗りこんできたボルドーの資産家たちは、もとより同志でないとして、ブリソやペティオンまでが仲間ではなくなった。フイヤン派の猛攻にさらされながら、ともに苦しみ、ともに戦い、またともに忍んだ、あの苦難の日々を思い起こせば、今なお信じられない気持ちはありながら、いい加減に直視せざるをえなくなった。ああ、バルナーヴの予言は的中した。

──ジロンド派は、はっきり敵だ。

そう意識を持ち替えて、ロベスピエールは反論に手をつけた。「憲法友の会」というジャコバン・クラブの本旨にこだわった演説だった。

「ええ、私はひとつの行動規範しか知りません。それは人権宣言であり、我らが憲法を貫いている諸々《もろもろ》の原理であります。ところが残念なことに、これらを不断に侵そうとする企《たくら》みを、いたるところで目にします。のみならず、野心、陰謀、術策、マキャベリズム等々、不穏な気配あるところには必ずや、ある徒党の影が認められるのです。なべて徒党というものは、全体の利益など自分たちの利益のための供物《くもつ》としてしか扱いません。コンデ、カザレス、ラ・ファイエット、デュポール、ラメット等々といったような個別の名前を挙げることもできましょうが、そのことに大した意味はありません。ただ徒党というものを根絶せしめた暁《あかつき》にこそ、公共の繁栄と国民主権が確立する日が来るのだと、それが私の信念であります。謀略、裏切り、陰謀の迷宮のなかで、この目標に達するための道筋を探究するというのが、私の政治であるのです。それは理性と自由の友の歩みを導く、唯一の糸なのだともいえましょう」

16――煩悶

ロベスピエールの演説は、ジャコバン・クラブの喝采《かっさい》をもって受け入れられた。印刷に回され、全国各支部、各提携クラブに送付されることまでが、満場一致で決議された。ブリソやガデの演説が、書記の手書きに留《とど》められたにもかかわらず、である。

――勝利は勝利だ。

ロベスピエールとしては、ふうと一息吐《つ》けた格好だった。やはりジャコバン派とジロンド派は別物だ。ジャコバン・クラブはブリソたちのものではない。

そう繰り返してはみるものの、正直いえば危機感を覚えていた。今やフランス全土が開戦気分に沸いていたからだ。ジャコバン・クラブといえども、主戦論は劣勢ならざるものであり、むしろ反戦論を圧する勢いを示していたのだ。

ダントン、マラ、デムーランと、同じく反戦を唱える仲間はいる。とはいえ、面々はジャコバン・クラブの会員であると同時に、コルドリエ・クラブの領袖《りょうしゅう》という顔を持つ。ジャコバン・クラブの生《は》え抜《ぬ》きのなかでは、ほぼロベスピエールの孤軍奮闘なのである。

衝撃的な内閣改造が発表され、実際に開戦の運びになれば、いよいよ孤立の体《てい》になる。落ち目といえばロベスピエールこそ落ち目だと、そんな陰口が叩《たた》かれていることも知っている。フイヤン派だとか、ジロンド派だとかに留まらない、ほとんど全てのフランス人が、自分のことを嘲笑《ちょうしょう》していると感じるときさえある。

もとより権力の座についたわけではなかったが、大衆とジャコバン・クラブには支持されていると、そこだけには自負と自信があっただけに、失意の幅も大きかった。ああ、憲法制定国民議会が解散されるという日には、あれだけのパリ市民に議員辞職を惜しまれた私が……。帰郷でパリを留守にした間には、あれだけジャコバン・クラブに待たれていた私が……。

焦りがなかったといえば、嘘《うそ》になる。いったん反戦論を取り下げ、趣旨をラ・ファイエット攻撃に変えたというのも、一刻も早く支持を取り戻さなければならないと、焦燥感に駆られた面がなくはなかった。

実際、ラ・ファイエットの名前を出し、かつまた陰謀の存在を仄《ほの》めかした演説は成功だった。少なくともジャコバン・クラブにおいては、概《おおむ》ね好意的に受け入れられた。なるほど、ここでは「シャン・ドゥ・マルスの虐殺」が今も恨まれている。フイヤン・クラブの分離独立劇を経験しているだけに、陰謀といったような言葉にも敏感である。そのことを了解したうえで、ロベスピエールは勝負に出たのだ。

「…………」

勝った。ひとまずは勝ったと安堵《あんど》しながら、なおロベスピエールの心は晴れなかった。こんな勝利にどれほどの意味がある。こんなところで勝ったからと、どれだけフランスの幸いになる。もとより、争う意味などあるのか。

――なにより、ジロンド派を敵とすることができるのか。

こと戦争に関するかぎり、主戦、反戦の立場の違いは明確である。とはいえ、それ以外の主張については、特段の違いが見出《みいだ》せるわけではなかった。

基本的には左派である。マルク銀貨法にも反対している。ルイ十六世の退位を求めるのみならず、この点ではジロンド派こそ革新的というか、今の段階で共和政の樹立を目指す旨さえ公言している。そこはジャコバン・クラブの仲間ということで、政見自体に大きな差異はみられないのだ。

――けれど、違う。

そう固執して、なお譲れない気分がロベスピエールにはあった。我々とは違う。本質的な違いがある。が、その違いとは何なのか、そこが判然としていない。

ジロンド派は向後《こうご》において、右傾化していくのではないかとの予感はあった。マルク銀貨法を認め、ルイ十六世の王座を容認し、そのうちに金持ちの、金持ちによる、金持ちのための政治に邁進《まいしん》するのではないかと。

──連中ときたら、なんだか鼻持ちならないところがある。

ジロンド派には上等を気取る風があると、それがロベスピエールの観察だった。あるいは悪意の勘繰りだろうか。いや、ジャコバン僧院に通うより、サロンに集まるほうを好むようなところも、お高くとまっている証左なのではないか。連携を図るはずで、どこかフイヤン派に似てきた感もある。なかなか適当な言葉がないが、いってみれば、なんだか、とてもブルジョワ的だ。

そうまでの反感を、少なくとも違和感を覚えていながら、かかる感情の正体となると、なお理路整然たる言葉で解き明かすことができないのだ。

違うと突き放したくなる衝動ばかりが先に立ち、自らを際立《きわだ》たせる別な言葉があるでもない。

──なんとなれば、ブルジョワ自体は悪ではない。

全ての国民に政治参加の権利を認めないことは悪だとしても、ブルジョワ自体は悪ではない。ルイ十六世が負うべき科《とが》に無頓着《むとんちゃく》なところは感心しないとしても、ブルジョワ自体が不条理な存在というわけでもない。

非常な財力を誇るとしても、それは自らの弛《たゆ》まぬ努力で手に入れたものである。かつての貴族たちのように、先人の不正な簒奪《さんだつ》に胡坐《あぐら》をかいているわけではない。さらに政治権力までほしいままにしても、それを乱用するのでなければ、また責められるような話ではない。

――全ては自由の産物だからだ。

財力を志向するのも個人の自由、権力を志向するのも個人の自由で、それを制限する根拠こそ誰にも与えられていない。結果として万人が平等でなくなったとしても、そもその機会は平等に与えられているのだから、あげくの金満政治家は悪ではない。

――いや、悪だろう。

そう言下に叩き返したい気持ちが、ロベスピエールには当然ある。ああ、左派の理想を捨てて、金の力に擦《す》りよるならば、それは堕落に違いなかろう。

ところが、そうして汚らわしいと思い、自らは清貧を志向することも、また個人の自由にすぎなかった。別して退けられるものでなければ、特に褒められるべきものでもない。ブルジョワに比して、なにか偉いというわけでもない。偉いと自負あるにしても、それは個人の自由な存念にすぎない。

全て承知しているだけに、もどかしく、やるせなく、そして歯がゆくてならない。ロベスピエールとて承知していた。ブルジョワを否定しては始まらない。フイヤン派も、ジロンド派も、ジャコバン派でさえ、議員の大半はブルジョワの出身なのだ。法曹出身の自身からして、大きく分ければブルジョワに属しているのだ。

——否定できるわけがない。

にもかかわらず、ジロンド派には納得しきれない何かがあった。ああ、違う。どこか間違っている。うまく騙《だま》されている気さえする。絆《ほだ》されやすい大衆は無論のこと、この慎重な私までもが。

——その理由は一体なんだ。

わかれば、ジロンド派を否定することができる。ふざけた主戦論を含めて、全て否定することができる。そうまで思いは高じるのだが、依然ひとつの言葉も浮かばず、だからこそロベスピエールは煩悶《はんもん》を深くするばかりだったのだ。

「しかし、その実の答えは単純明快なのです。繰り返しになりますが、食糧問題が深刻なのです」

そう断言されて顔を上げるも、なにか期待したわけではなかった。声はずっと耳に届いていた。演壇の話は続いていた。ああ、そうだ。ドリヴィエ神父が試みていたのは、確かにエタンプ事件を起こした暴徒を弁護したい、情状酌量を訴えたいという話だった。

17――開眼

　食糧問題に苦しんでいた。貧しい村人たちは、市場《いちば》が開かれるエタンプの市長シモノーに善処を頼んだ。が、ひとつも聞き入れられず、それどころか戒厳令を敷くぞと、かえって脅されてしまった。そこで村人たちは逆上し、ついに市長の惨殺に及んだ。が、あのまま戒厳令が敷かれていたなら、かえって人民のほうから二百人、三百人と犠牲者が出ただろう。

　そんなような事情を切々と訴えられて、それをロベスピエールは聞くでもなく聞いていた。

　いうまでもなく、自分の考えに捕われていたからだが、それが行き詰まり、おやというう感じで現実に引き戻されても、思うところは大きく変わるわけではなかった。ああ、エタンプ事件は確かに痛ましい話だった。市長も確かに犠牲者だが、また暴徒も犠牲者なのだ。

――こんなときに戦争だなんて……。

またぞろ怒りがこみ上げた。食糧問題まで起きているのだから、今のフランスには内政の充実こそが、いよいよ求められているのだ。自明の話であるはずなのに、ジロンド派の連中ときたら、本当に何を考えているのだ。

「いえ、法律の尊さは重々承知しております」

とも、ドリヴィエは続けていた。ええ、議会で定められる法律こそ、今の世のフランスの正義です。その法律は市長の側にありました。村人たちは確かに法律に反する要求をなしました。

「ええ、穀物取引の自由を妨げることは、法律の定めで、はっきり禁じられています」

「……………?!」

琴線《きんせん》に触れる言葉があった。ロベスピエールは耳に神経を集中させた。なに、自由だって。法律の定めだって。

ブルジョワにも自由が認められている。穀物取引の自由も、そのひとつだ。法律に守られた当然の権利ということにもなるが、その法律一般をいうならば、この世には悪法というものもある。

心なしか、ドリヴィエ神父は声を高めたようだった。ええ、ですから、法律に違反したからには、罰せられて仕方なかろうという理屈も、重々承知しているのです。

「しかし、です。なによりの必需品である、食べものの値段が高騰《こうとう》したら、どうでしょうか。貧しい労働者や日給取りの農夫では、とても手が出ないくらいに値上がりしているにもかかわらず、それを放っておく社会には、果たして正義があるのでしょうか」

ロベスピエールは腰を浮かせた。なぜこんな後列にいるのだろうと、その刹那《せつな》は自分を腹立たしくさえ覚えた。

今こそ霊感が走っていた。今こそ謎《なぞ》が解ける。漠然と感じていながら解けないできた謎が、ジロンド派に覚えながら言葉にできないでいたアンチ・テーゼが、今こそはっきり明かされる。

「それは人々から食べものを奪うのと同じことです。別な言い方をすれば、飢えない権利というものを、富裕の層にしか認めないということです」

いよいよ権利という言葉までが、耳に飛びこんできた。ロベスピエールは抱え続けた煩悶《はんもん》が、ほとんど氷解するのを感じた。ああ、飢えない権利というのは、確かに認められるべきだろう。全ての人間に生まれながらにして与えられる、いわゆる自然権のひとつとして、飢えない権利、生きる権利、いや、ただ生きるのでなく人間的に生きる権利、いうなれば健康で文化的な最低限度の生活を保障される権利は、ありとあらゆる人間に認められなければならない。

——つまりは政治だけの民主主義では足りない。

仮に共和政を敷いて、仮にマルク銀貨法を廃して、政治参加の権利としては全ての人間を平等にできたとしても、なお富める者と貧しき者の差が歴然として、飽食を楽しむ者と飢餓に苦しむ者が隣りあうような国であっては、フランスは幸福の楽土の名に値しない。

――きらびやかなサロンにぬくぬくとして……。

そのことをジロンド派は意識したことがあるか。答えは明らかに否《ノン》ではないか。そう断罪の言葉を呟《つぶや》きながら、ロベスピエールは立ち上がった。

私は違う。私は意識を働かせてきた。これまでは漠然としていたが、今はっきりと開眼した。共和政を敷いても、マルク銀貨法を廃しても、まだ足りない。政治だけの民主化を進めても、万人が幸福になれるわけではない。たとえ機会が平等でも、結果のほうが人道に反するくらい不平等なら、それは民主主義の名に値しない。

――人間には社会の民主主義も必要なのだ。

そう気づいたロベスピエールにしてみれば、もはやドリヴィエ神父の言葉は、その一語一語が啓示に等しかった。もちろん、誰かのせいばかりではありません。ときには自然の猛威が、災害という悪意を遣わし、収穫を駄目にしてしまいます。そうして、パンが不足する場合もある。けれど、それは万人に等しく与えられた災いではありませんか。誰かが苦しまなければならないなら、万人が苦しむべきではありませんか。

「貧しき労働者だけが負うべき苦しみではない。あまつさえ、人々の不幸を利用しようとする欲深な投機家たちが、災害の機会に乗じて必需品の値段を吊《つ》り上げるのは、どうなのですか。そのために人々が倍の苦しみを強《し》いられたり、家財合切《がっさい》を売りはらって、それでも足りずに借金して、となったりしたら、どうなのですか。人々の生活を破綻《はたん》させるくらいの、いってみれば殺人的な貪欲《どんよく》を慎ませるために、抗議したり、運動を起こしたりすることは、それでも罰せられるべきなのですか」

「いや、そうではありません」

小さな声で答えながら、もうロベスピエールは歩き出していた。そうではありません。ええ、ドリヴィエ神父、断じて、そうではありません。人間には、飢えない権利、生きる権利、健康で文化的な最低限度の生活を保障される権利がある。ならば、断罪されるべきは、自儘《じまま》で、野放図で、しかも際限がない、商人たちの貪欲のほうだ。取引の自由、投機の自由、市場の自由が法律で認められているとすれば、その法律のほうが間違っているのです。

「ええ、自由は無制限の聖域ではない」

全ての人間が人間として生きる権利を妨げるとするならば、そこまでの自由は認められるべきではない。社会の善を守るためなら、自由は制限されなければならない。ロベスピエールが獲得したのは、つまりはブルジョワの横暴を抑える新しい理論だった。

「ありがとう、神父」

議長ダントンが後を受けて、ドリヴィエのほうは壇から降りようとしていた。

「神父は自らが犯人として追われるわけではないにもかかわらず、こうしてやってこられた。聞いていたなかに人道の同志がいたんなら、神父が弁護した人たちは犯罪者というより不幸な人たちなんだってことを、きちんと理解できたろうさ」

神父の請願が議会に受理されるよう、ジャコバン・クラブとして二人ほど支援委員を任命したいと思うが、どうだい。そう続けて、さすがダントンと思わせる大胆な提案だった。法律の殉教者として、シモノー市長のほうを表彰しようとする動きがあるなか、余人が議長を務めていては、とても善処など計らおうとはしなかったろう。

しかし、それでも違うのだ。そんな詰まらない話ではないのだ。

「ですから、お待ちください、ドリヴィエ神父」

ロベスピエールは僧服を呼びとめた。刹那に捕われたのは、ある種の恥ずかしさだった。ああ、恥ずかしい。この数カ月というもの、私は政争に明け暮れていた。反戦論を唱えて、ジロンド派の主戦論を退けたい。ラ・ファイエットを攻撃して、ジャコバン・クラブの支持を取り戻したい。ひいては人民の讃辞《さんじ》のなかに戻りたいとまで念じながら、本当に大切な目的を、本当に求められている責務を、なおざりにしてしまっていた。

かかる科《とが》には、いかなる弁明も通用しない。希求するべき答えはフイヤン派にも、ジロンド派にも、ジャコバン派にさえないからである。

――人々のなかに……。

ロベスピエールは自分を取り戻したように思った。それこそ議員を辞職したときの志だったからだ。にもかかわらず、人民を代弁しているのだという自意識ばかりが、勝手な独り歩きを続けていた。人民のなかにあり、人民の苦しみに共感する努力を、知らず怠けるようになっていた。

――いささかの高名に胡坐《あぐら》をかいて……。

ジャコバン・クラブに許されている地位に甘えて……。満場の拍手も聞かずに、さっさと立ち去ろうとする聖職者の背を追いかけながら、ロベスピエールは自分に言い聞かせていた。出直しだな、マクシミリヤン。ああ、おまえのような見栄坊《みえぼう》は、目立つところに立とうとするな。おまえの下らない名前など、いったん忘れ去られるがよいのだ。人知れず、地道に、ひたすら己の信念を磨き上げる。そうした日々から、もういっぺん出直しだ。

18——大理石の館

内務大臣官邸はヌーヴ・デ・プチ・シャン通りにあった。

当てられたのはパリ右岸の西方、パレ・ロワイヤルの裏手に鎮座する建物で、アンシャン・レジームの時代には財務総監の官邸だったと聞かされた。その割には折りからの財政難で改築の手も入れられず、そのままの流用にすぎなかったが、ロラン夫人は不服というわけではなかった。

——かえって、豪奢《ごうしゃ》な風が残されている。

内務大臣官邸は、いたるところに大理石が使われていた。

階段も大理石、広間の装飾柱も大理石、壁面の浮き彫りも大理石。その全てが鏡よろしく、ひとの顔を映し出すほど磨きこまれ、奥から輝きを発するような光沢といい、滑らかにも冷たい手触りといい、知らず陶然となってしまうほどなのだ。

頭《こうべ》を巡らせ見上げれば、天使が舞い飛ぶ壁画があしらわれた天井からは、シャンデリアが吊《つ》り下げられていた。無数に乱舞していたのがヴェネツィア硝子《ガラス》の房が放つ輝きで、ひとつひとつが千変万化の煌《きらめ》きを宿しながら、これまたキラキラと競い合うようだった。

「夢のようだわ」

そう呟《つぶや》いたからといって、この現実を疑うわけでも、また怖いと思うわけでもない。そんなロラン夫人ですら変化の大きさ、そして速さには、やはり驚きを禁じえない思いなのだ。

同じパリに生を享《う》けながら、マノン・フィリポンが長じたのはシテ島の大時計河岸《がし》、狭さをいえば家人も容易に擦《す》れ違えないほど、それはそれは小さな家にすぎなかった。

ロランと結婚することができて、相応の暮らしは手に入れられたが、それだとて中くらいのブルジョワ並み、まずまず恥ずかしくない程度に留《とど》まる。せっかくの人生、これで終わるわけにはいかないと、夫が役人として赴任していたリヨンから、すわとパリに舞い戻ってきたわけだが、それからまだ一年と少ししかたっていないのである。

——なのに、もうロランは内務大臣。

ゲネゴー通りにサロンを開き、革命の世を指導する大物を集めながら、いつの日にかと夢みていた境涯が、あれよという間に手に入った格好だった。

もちろん、ロラン夫人は単に豪奢な生活がしたかったわけではない。

「いくらなんでも貴族趣味がすぎますね」

内務大臣官邸についても割り引いて、実際そう声にも出していた。官邸は選べませんもの、いたしかたありませんわと苦笑までしてみせたが、その実の本音をいえば、ロラン夫人は貴族趣味こそ嫌いでなかった。華やかだからだ。明るいからだ。そうした美質が政治には欠かせないとさえ思うのだ。

なんとなれば、謳歌《おうか》するべき人生の素晴らしさを予感させ、心を弾ませてくれる場所にこそ、ひとは好んで寄ってくる。大勢を集めようと思うなら、相応の構えは然《しか》るべきものだった。

内務大臣官邸にしても、その意味では豪奢すぎるわけではなく、むしろ丁度よいくらいだった。ああ、ブリソ派もしくはジロンド派を、これからはヌーヴ・デ・プチ・シャン通りに集めよう。この私、ロラン夫人が君臨する文字通りの牙城《がじょう》としながら、フランス政界を永く見据えていこう。

そう決めて、マノン・ロランは別段の不都合も感じないできた。が、あにはからんやで、ここに来て、俄《にわ》かに顔を顰《しか》めることになった。

――大理石というのは……。

その硬さで物の音を洩《も》らさずに撥《は》ね返す。ひとの声など、とりわけ大きく響かせる。怒鳴り声など発すれば、うわんうわんと反響して、それこそ耳を覆いたくなる。いや、あくまでもサロンは優雅に、そして朗らかにと、ロラン夫人としては以前に倍して心がけていたのだが、その怒鳴り声も政治という世界には欠かせないようなのだ。

「フランス軍ときたら、どうして、ああも役立たずなのだ」

声を張り上げたのは、ジャック・ピエール・ブリソだった。

党派の筆頭格は、そもそも気鋭の論客として台頭した人物である。熱弁のほども広く知られたものだったが、その温度が上昇していく様はといえば、見苦しく感情的な風ではなかった。そのブリソの声が今や苛々《いらいら》の色を濃く滲《にじ》ませ、頭の悪い男たちが頼りがちな脅すような叫びにさえ酷似してきたのである。

――こっちだって、心穏やかじゃいられない。

元からの不愉快に、さらなる不愉快を上塗りされたような気もする。これみよがしに耳を押さえたくなる衝動を抑えながら、ロラン夫人は自分を宥《なだ》める深呼吸にしても、周囲に気づかれない程度に、ひとつ小さく試みるに留めた。

無理にも落ち着かなければならない。誰が駄目でも、自分だけは平静を保たなければならない。

その理《ことわり》は承知していた。それでも胸の内でばかりは、叱責《しっせき》の言葉を吐き出さずにおけなかった。そんなこと、今さら声を張り上げないでくださいな。フランス軍は十分に戦えるだなんて、皆さんで請けあったのじゃありませんか。戦えばオーストリア軍など物の数ではないだなんて、気勢を上げたのじゃありませんか。この期《ご》に及んで、そんな風に嘆くんなら、どうして事前に調べておかなかったのです。それくらい踏まえもせずに、どうして戦争など始めたのです。

――男のくせに……。

女の自分はといえば、もう面々の物知り顔を信じるしかなかったのだからと、ロラン夫人のほうこそ、許されるものならば誰かを捕まえ、とことん責めたい気分だった。しないまでも、歯がゆくてならない。騙《だま》されたような悔しさもある。泣きたいのは自分のほうだと、被害者意識のようなものまでないではない。

――実際、ひどい話だもの。

一七九二年四月二十八日、かねてからの宣戦布告に基づいて、いよいよ軍事衝突が始まった。フランス軍が試みたのは、オーストリア領ベルギーを一気呵成《いっきかせい》に占領するという、ある種の電撃作戦だった。外務大臣デュムーリエの立案だったが、発想の根本は前陸軍大臣ナルボンヌ・ララ以来の、短期決戦ということだった。

――しかし……。

昨夏以来の同盟が有効であるかぎり、敵はオーストリアだけではなかった。プロイセンの参戦も予想された。事実ライン方面には、ブラウンシュヴァイク将軍のプロイセン軍が展開していた。

戦線の拡大も予想されながら、なお短期決戦の目算が立つというのは、狙《ねら》いを定めたベルギー自体には大軍が身構えているわけではないからだった。ホーエンローエ将軍のオーストリア軍は、南方フランシュ・コンテ方面にも展開し、北方ベルギー方面と二手に分かれることになっていたのだ。

「ベルギーでは市民の決起も期待できる」

とも、いわれていた。オーストリアという外国の支配に辟易《へきえき》しながら、蜂起《ほうき》の機会を不断に探しているほどであれば、フランス軍の到来に呼応するのは火をみるより明らかであると。

短期決戦は夢ではない。電撃作戦で全土占領を実現し、その時点で素早く和平交渉に入る。オーストリア・プロイセン連合軍の大半は、戦わずして引き揚げることになる。だから何も恐れることはないと、そうして突入した戦争だったが、少なくとも緒戦の結果は惨憺《さんたん》たるものだった。

四月二十九日、テオバルル・ディロン将軍が死んだ。

リール総督に任じられた将軍は、ベルギー侵攻を果たすべき北方軍の前衛として、取り急ぎ防備が薄いとされたトゥルネの補強に向かっていた。

騎兵二個連隊、五千人という兵力は、作戦に必要十分と思われた。が、先遣隊がオーストリア軍と遭遇し、ほんの小手調べという程度の銃撃戦が起こると、もう全軍が浮足立ってしまったのだ。

戦闘らしい戦闘も交えずして、さっさと逃走に転じてしまったのみならず、裏切り者がいたとかいないとかで、内輪揉《うちわも》めまで始めてしまった。止《と》めが敵の斥候《せっこう》と断じながら、自分たちで味方の指揮官を惨殺する体《てい》たらくである。すなわち、ディロン将軍の死は、逆上した部下に強《し》いられたものだった。

——まったく呆れる。

モンスに向かったビロン将軍のほうは、前面のキエヴランこそ占領してみせた。が、そこで奇妙な臆病《おくびょう》に駆られてしまった。ベルギー市民の蜂起が聞こえてこない、このままでは敵地で孤立するだけだと、せっかく奪取した要衝を放棄して、こちらも素早い退却に走るのみだった。

士気が落ちていた。というより、フランス軍は思いのほかに冷めていた。フランス全土が開戦気分に盛り上がり、議会まで宣戦布告に協賛して迷わなかったにもかかわらず、現場の将兵はといえば、驚くくらいに戦意に乏しかったのである。

これでは勝てるはずがない。勝てない軍隊に、あえて仕える傭兵もない。敗戦となれば、約束の給金も払われまいと、さっさと暇乞《いとまご》いするは必定《ひつじょう》である。

五月六日にはドイツ傭兵で成るロワイヤル・アルマン連隊が、つまりは傭兵隊とはいいながら、一七八九年七月には一番にパリの鎮圧に送り出されたくらい、信頼あり、伝統ある連隊が、あっさり戦線を離脱した。

のみならず、すぐさまオーストリア軍に再就職を果たした。五月十二日にはユサール騎兵の二連隊、すなわち今度はハンガリー系の傭兵部隊も、同じようにフランス軍を見捨てながら、オーストリア軍に転向する道を選んでいる。

所詮《しょせん》は外国人とはいえ、兵力減は否定しようのない事実である。祖国愛に燃えるフランス人だとはいえ、残された軍団は輪をかけて前線に出たがらなくなる。

もはや持ち場に踏み止まるのは、ジュラ山脈に展開しているキュスティーヌ将軍くらいのものだった。が、こちらはフランシュ・コンテの守りを固めているだけで、肝心の短期決戦、ベルギー占領の数には勘定されていない。

19――誤算

完全な誤算だった。電撃作戦が宙に浮いたまま、もう六月十日になっていた。フランス軍は依然振るわず、今もって戦勝報告は届いていない。

なに騒いだわけでもないのに、肌着がじっとり汗ばんでくる。

なるほど初夏といえるほどの陽気が続いて、夜気にもぬるく湿った感じがあった。本当なら窓を開け放ちたいところだが、往来に聞かれてよい話でもないならば、そうして涼風を呼びこむこともままならない。

ブリソは裏返る声で続けた。おかしい。実際、おかしいじゃないか。

「ディロン然り、ビロン然り、いや、ロシャンボー、リュクネール、ラ・ファイエットと、方面軍を率いる主要三将にしてみたところで、皆がアメリカ独立戦争の英雄なんだぞ。海の向こうじゃ、民主主義のために雄々しく戦った猛者《もさ》たちなんだぞ。まさに現代の十字軍士なはずなのに、どうして祖国のためとなると、まともに戦おうともしなくなるんだ」

事実、ロシャンボー、リュクネール、ラ・ファイエットの三将は、緒戦の敗退を受けて、あっけなくヴァランシエンヌまで後退した。五月十八日、そこからパリのルイ十六世に宛《あ》てて、即時の和平を勧告する手紙も送ってきた。

ロシャンボー将軍にいたっては、先がけて司令官職の返上も打診した。元帥杖《げんすいじょう》と一緒に託された、フランス史上に特筆するべき戦争でありながら、あっさり匙《さじ》を投げてしまったということだ。

「はん、なにがヨークタウンとサラトガの英雄だ」

「ヴァージニア騎兵隊だって、あらためて、ひどいものだよ」

受けたのは、パリ市長ペティオンだった。「ヴァージニア騎兵隊」とは、いうまでもなくラ・ファイエットのことだ。若かりし「両世界の英雄」が志願兵としてアメリカ独立戦争に身を投じたとき、私財を費やし仕立てた部隊が「ヴァージニア騎兵隊」だったのだ。

「いや、市長選の確執を今も引きずるというのじゃないよ」

断りながら、なお憤懣《ふんまん》を禁じえない表情で、ペティオンは先を続けた。ああ、ああ、そんな詰まらない私情なら、水に流してしまうつもりだったんだ。ラ・ファイエットも開戦を望んでいるようだったからね。一時は我々に擦《す》り寄るような風もみせたわけだからね。

「しかし、だ。やはり節操がないというか、ラ・ファイエットときたら、ひとたび戦場に出てしまうや、もう元のフイヤン派と縒《よ》りを戻そうという軽薄さだよ。のっけからラメット兄弟を、軍団の将校に抜擢《ばってき》したというんだからね。五月十二日にはボーメッスで、デュポールと秘密会談に及んでいたとも聞くよ」

反戦の党派と語らいながら、なるほど、和平勧告も出てくるはずだよ。憤然たる様子で吐き捨てて、なおもペティオンは収まらないようだった。

「いずれにせよ、想像を絶する話だ。いや、なにからなにまで、理解できない。私には土台が無理なのかもしれない。軍人という輩《やから》の発想を斟酌《しんしゃく》することなんて」

皮肉めいた響きは、確かに否めなかった。はっきり名指ししたわけではなかったが、デュムーリエは自らに加えられた遠まわしな非難と受け止めたようだった。

「いや、軍人が非常識なわけではありませんぞ」

外務大臣である以前に将軍であり、生粋《きっすい》の軍人であるからには、当然の発言ではあった。が、デュムーリエの場合は、さすがに役者が違うとも思わせた。居合わせた他の面々より、まずは遥《はる》かに落ち着いていた。

「逆に軍人の常識から申せば、諸氏のような悲観が適当かどうか」

「どういうことです、将軍」

「だいいちに、まだ負けたわけではありません。短期決戦の目論見《もくろみ》とて、水泡に帰してしまったわけではない」

「そうでしょうか」

「ペティオン氏も、ブリソ氏も、みなさんも、ひとつ考えてみてください。単純な数字の問題です。フランス軍は十六万を数えます。とはいえ、正規軍に加えるところの義勇兵、つまりは民間からの志願兵が七万五千ほど含まれていますし、傭兵部隊のほうからは、さらに離脱があるかもしれない。これらを割り引いたとしても、実質的な兵力は五万を下らないのです。対するにオーストリア軍の動員は、三万五千ほどにすぎません」

「そんな風に説かれると、確かに友軍の優位は動かない気もしますが……」

「そう考えて、どんと構えてほしいというのです、ペティオン市長。せっつくようにして、戦果を求めるものじゃありません。それじゃあ、前線の将兵が気の毒だ。さきほど義勇兵に触れましたが、ということは、こたびは素人と玄人の混成軍です。さしもの将軍たちとて態勢を整えるのに、いくらか手を焼いているのでしょう」

「武器不足、馬不足、訓練不足と、そのような口上でしたな、三将軍とも確かに」

「ええ、士気を上げるのに、いつもより時間がかかっているだけです」

「時間をかければ、勝てるのですか、フランス軍は」

「勝てます」

「本当ですか」

「そこはデュムーリエ将軍を信じることにいたしましょう」

ロラン夫人は無理に拵《こしら》えた笑顔で介入することにした。やりとりは、すでに初老の将軍の貫禄《かんろく》勝ちというところだった。

もとより敗戦責任の擦《なす》り合いなどに終始して、なにか活路が開けるわけではない。デュムーリエに勝てると胸を叩《たた》かれれば、軍隊だって本当に勝てるような気がしてくる。ならば、もう十分ではないか。

「でなくたって、こんなパリの一室で、どれだけ念を押して、どれだけ勝利を請け合われても、戦況がどう動く、こう動くというわけではないでしょう」

そうも開きなおることができたのは、デュムーリエの出方に救われた気もしたからだった。なお胡散《うさん》くさいと思うかたわら、頼もしくも感じられる。おかげで苛々《いらいら》を鎮められて、それだけでロラン夫人には、さしあたり十分だったのだ。

そも戦争の話はわからないし、わかりたくもなかった。それを横着と反省する以前に、急がなければならない話は別にあった。ええ、ええ、まだ負けたわけではありません。短期決戦の夢が潰《つい》えたわけでもない。それは恐らく、デュムーリエ将軍が仰《おっしゃ》った通りなのです。

「ただ軍人に軍人の常識があるように、政治家には政治家の常識があります。ここでは戦場のように、誰も彼もが気長に構えてくれるわけではありません。フランス軍がベルギーで勝利してくれるまで、このパリで私たちが立っていられるかどうかと、それが我々にとっての緊急の課題なのです」

ロラン夫人は話を改めた。すっきり整理した頭で考えれば、わかる。土台が戦争は従にすぎない。主は政治のほうだ。とすれば、戦争など論じても仕方がない。皆が苛立ち、不安に駆られているのは、このままフランス軍が負け続けた日には、ブリソ派もしくはジロンド派には、破滅するしか道がなくなるからなのだ。

開戦に際しては、ブリソ派もしくはジロンド派こそ現代の預言者と崇《あが》められていた。それだけに、栄光を約束した言葉が外れてしまったが最後で、あれよという間に詐欺師に転落せざるをえない。

デュムーリエが請け合うように、この先フランス軍が戦場で挽回《ばんかい》し、本当に勝利を捥《も》ぎ取れるのだとしても、こちらの一党がパリで転落を強《し》いられた後なのでは仕方ない。

ヴェルニョーが椅子《いす》を蹴《け》った。そうなのです。そうなのです。

「実際のところ、緒戦の不調など、それ自体は大きな問題ではない。深刻なのは政治の現場で一度は圧殺したはずの反戦論が、息を吹き返してしまうことのほうなのです」

「マラの奴《やつ》なら告発したぞ。『人民の友』も発禁にしてやった」

すかさず応じたのは、マルグリット・エリ・ガデだった。

顎《あご》が尖《と》がり、しかも吊り目なので、狐の一吠えを思わせた。やはりジロンド県の選出議員で、ボルドーでは刑事裁判所長を務めていたという。それで得意なのか、マラの告発というのは、自身が議会で試みて、五月三日に可決に漕《こ》ぎつけた処分のことだった。このときヨワイヨー師の『王の友』も一緒に発禁に追いこんでいる。

二紙ともに、かねて世間を騒がせてきた問題新聞だった。主筆の告発、刊行物の発禁も、今に始まる話ではない。

「ああ、あの処分は正解だったな。またかと世人に苦笑されても、あの減らず口だけは封じないではおけなかった」

労をねぎらうかの頷《うなず》きまで示しながら、それでもヴェルニョーは止《や》めなかった。それでも、なのだ。最も厄介な男が野放しになったままでいる。いや、手を出そうにも、容易に手を出せなくなった。そんなこと、今やパリの大衆が許さないからだ。

「ロベスピエールの奴こそ、今や現代の預言者になりつつある」

ジャコバン・クラブで孤立してまで、戦争反対を唱え続けた男が、結局のところ全てを見事に当てていた。

20――オーストリア委員会

「軍隊は組織として破綻《はたん》している。貴族出身の将校と平民出身の兵士は、互いに反目しあっている。貴族などいつ亡命するとも、いつ祖国を裏切るとも知れないのだから、どんな命令も聞けるものかと、兵士のほうの不服従も日常化している。全軍に疑心暗鬼が蔓延《まんえん》している状態では、ただでさえ恐怖に駆られる戦場で、まともな作戦行動など取れるはずがない。だから戦争など不可能だ。フランスは負けるだけだ」

キンキンと金切り声で口真似《くちまね》してから、ヴェルニョーは自分の話を続けた。

「そうやってロベスピエールは、今日の日のフランス軍の劣勢を看破していたのだから、ああ、俄《にわ》かに預言者と持ち上げられて当然の話さ。ディロンが部下に殺されたのも、それなのだからね。将軍たちが軍勢を前に進められないのも、それなのだからね。ああ、あの小男は軍隊の不備を過《あやま》たずに指摘してみせたのだ」

悲鳴のような声まで上げられてしまえば、さすがのロラン夫人も小さく唇くらいは嚙《か》まずにいられなかった。

――しくじった。

ロベスピエールを甘くみるのではなかった。一時ほどの勢いはないだなんて、警戒を弛《ゆる》めてしまうのではなかった。やはり恐ろしい男だった。自分の勘を最後まで信じるべきだった。

ロベスピエールの株が再び上昇していた。開戦気分に熱狂しながら、一度は見限るような気分もないではなかっただけに、その反省から人々は元の勢いに倍して傾倒するようになったのだ。

もちろんロベスピエールのほうは、いっそう変わらず自説を叫び続ける日々である。もう五月一日には、ジャコバン・クラブで演説を試みたが、それも即席の付け焼刃でない分だけ説得力が増していた。

「陸軍大臣グラーヴ氏は、大半が貴族である軍指揮官らの裏切りには、厳正なる法的処断をもって臨むべきであります。もちろん兵士を告発したり、不実で不法な軍事法廷を開いたりすることなど、断じて認めるべきではありません。それこそ嘆かわしいナンシー事件の、二の舞を招くばかりです」

五月二日の同クラブでは、さらに主張を高じさせた。

「ええ、全否定いたします。私は将軍たちなど全く信用していません。名誉ある若干の例外はありますが、ほとんど全員が昔ながらの作法だの、宮廷がばらまく厚遇だのに未練たらたらだからです。私は人民しかあてにしていません。ただ人民だけです」

執行権に対する不信、さらに独裁の危惧《きぐ》といえば、それまたロベスピエールが、かねて表明してきたものである。戦線の停滞が伝えられると、これまた俄《にわ》かに現実味を帯びてくる。

「返す返すもラ・ファイエットが歯がゆくてならないよ。戦場での挙動不審で、ロベスピエールの復権を援護したような格好だからね」

「いや、ヴェルニョー、軍隊の話だけじゃない。かねて宣誓拒否僧に寄せていた見解でも、ロベスピエールは注目の的になっているんだ」

ジャンソネがまた別な話を加えていた。ロベスピエールが当てた、ひるがえって、ブリソ派もしくはジロンド派の目論見《もくろみ》が外れたといえば、それまた無視できない要件だった。

開戦さえ果たしてしまえば、国民は熱狂する。反革命の聖職者など、一顧だにされなくなる。その存在すら誰も気に留めなくなる。そう踏んで、ブリソ派もしくはジロンド派は必要な対策も棚上げのままにした。その報いか、つい先ごろ南フランスで、宣誓拒否僧が大量虐殺されたのだ。

「内乱の危機は対外戦争の決着を待たない。これまたロベスピエールの預言通りというわけだ」

ジャンソネに答えたのは、再びのペティオンだった。

「けれど、そんなこんなも、つまるところは緒戦の敗北のせいなんだろうね。華々しい戦勝報告となると、ひとつも聞こえてこないわけだからね。有事の緊迫感ばかりが高まって、そりゃあ、国民だって苛々《いらいら》するに決まっている」

「寸評を加えている場合じゃありませんよ、ペティオン市長」

ギョロつく目つきで窘《たしな》めたのは、今度はイスナールだった。ああ、ジャンソネも徒《いたずら》に嘆いていても始まるまい。それに宣誓拒否僧の問題についてなら、すでに議会で先手を打ったことだしな。

「ああ、五月二十七日の法令だ。二十人の能動《アクティフ》市民の賛同が得られれば、国事を妨害せんとする宣誓拒否僧を即時に追放できるという強硬手段さえ、今や国民は与えられようとしている」

「昨年十一月二十九日の法案、十二月に王に拒否権を発動された法案の代替だね。ああ、宣誓拒否僧については、我々とて考えてこなかったわけではない。そんなもの、今さら問題視される事態じゃない。だから、我々にとって痛いのは、ここに来て余儀なくされた敗戦の事態なんだよ」

ペティオンが話を戻した。ああ、我々は責任を追及されざるをえないよ。ロベスピエールだって、そこは必ず攻撃してくるだろうしね。パリの民衆だって、いつまでも黙っちゃいないだろうしね。

「だから、『オーストリア委員会』なんだ。そこを突いて、やはり王家を責めるしかないんだ」

と、ブリソはまとめた。逆転の一打になりえると、ブリソ派もしくはジロンド派が頼みにしている、それこそ目下の重点対策だった。

いうところの「オーストリア委員会」とは、敵国と内通している宮廷勢力くらいの意になる。はっきりいってしまうなら、王妃マリー・アントワネットとその周囲のことだ。

「オーストリア委員会」がフランス軍の内情から作戦からを密《ひそ》かに敵国に流出させているのではないかと、かかる嫌疑を追及することにこそ、ブリソ派もしくはジロンド派は突破口を見出《みいだ》していたのだ。

「しかし、『オーストリア委員会』の実在は証明されませんでした」

と、イスナールは返した。五月十五日の議会に立ち、真相究明のためにルイ十六世の尋問まで要求したのが、このイスナールだった。

好みの話題ということで、新聞各紙も取り上げ、わけてもコルドリエ・クラブの筋が大いに騒ぎ立ててくれた。が、ここで動いたのが「オーストリア委員会」のほうだったのだ。

嫌疑をかけられた前《さき》の閣僚モンモランとモルヴィルが、悪意の中傷にすぎないとして、カラら数名の新聞屋を告発しながら、ラ・リヴィエールなる判事に調査を依頼した。このラ・リヴィエールが出した調査結果が白、すなわち「オーストリア委員会」など実在しないという結論だった。

「そんなもの、叩《たた》き返してやったじゃないか」

ヴェルニョーが勢いこんだ。こちらは議会に対する侮辱行為であるとして、ラ・リヴィエールを逆に弾劾《だんがい》裁判にかけた当事者である。

ブリソにも引き下がる様子はなかった。

「いや、ラ・リヴィエールに同情する向きがあることは事実だよ。けれど、そんなことで後退してはいられまい。世に『オーストリア委員会』の実在が信じられている、少なくとも疑われているというだけで、今のところは十分なのだ」

「王家を締め上げてやれば、とりあえず大衆は喜びますからね」

受けたのは、再びのジャンソネである。五月二十日の議会で、あらためて「オーストリア委員会」を非難する声明を出したのが、ブリソであり、ジャンソネであり、またガデだったのだ。

となれば、ガデも沈黙を守りはしない。ええ、それなら進めています。王家を裸同然にして、こそこそ陰で動き回れないようにするという……。

「ええ、ええ、実際のところ、五月二十九日のバズィール法案は効いたようです。隊長のブリサック公爵を告発しながら、王の立憲近衛隊《このえたい》を解散してやるわけですから、みたことかと世人は拍手喝采《はくしゅかっさい》ですよ」

「そのうえで六月八日の法案です」

間髪をいれずに続いたのが、ジョゼフ・セルヴァン・ドゥ・ジェルベーである。

ヴェルマンドワ連隊の連隊長代理は、堅気な軍人であると同時に、この半年ほどはゲネゴー通りのサロンの常連になっていた。ロラン夫人が抱《いだ》いた印象としても悪くなく、それならばと入閣をお膳立《ぜんだ》てしてやった、新しい陸軍大臣でもある。

前大臣グラーヴ伯爵の解任は五月八日のことだった。その権限においてフランス軍に作戦行動を厳命するでなく、それどころかロシャンボー、リュクネール、ラ・ファイエットらの報告を鵜呑《うの》みに、三将軍の活動停止に理解を示すような発言に及んだ。それが解任の理由だった。

伯爵本人にこれという政治的意図があるではなかった。が、別段ありがたい人材というわけでもない。そもそもがナルボンヌ・ララを更迭《こうてつ》するにあたり、ルイ十六世が自ら登用した人物である。閣内に自派の大臣を増やし、さらに盤石《ばんじゃく》の構えを取るためにも、排除するに越したことはない。

21——拒否権の行方

セルヴァン新大臣のほうは働きぶりも悪くなかった。六月八日の議会にかけた法案など最たるもので、それは裸同然に剝《む》いた王の喉元《のどもと》に、さらに刃《やいば》を突きつけておこうという方策だった。

「ええ、パリ郊外に常時待機の予備役として、連盟兵二万の陣営を築くことができたなら、さすがの『オーストリア委員会』も身動きひとつ取れまいと、誰もが一安心するに違いありません」

「七月十四日の全国連盟祭も近い。どのみち集まってくるからには、連盟兵の動員に困難はないわけだしな」

「ああ、これで決定的だろう。後顧の憂《うれ》いはなくなったとして、フランス軍の勝利を期待する気にもなるだろう」

ジャンソネ、ガデと、心もち明るい声が続いていた。前向きな空気も流れたようだった。やはり焦点は、ここに絞られざるをえない。そうした皆の認識を代表するかの格好で、ブリソが言葉を工面した。だから、もう一押ししよう。

「今日六月十日の議会には、確かに反対署名が提出された。二万人の駐留にはフイヤン派が反対しているためだ。例のごとくにロベスピエールも反対を表明したから、左派のほうにも同調する動きがあった。あげくに達せられた八千人の署名は、もちろん簡単に無視できるものではない。陸軍大臣セルヴァンの問責決議案も提出されている。はっきりいえば、難局だ。が、それだからと断念するのでなく、私が強く求めたいのは、もう一押しして、この山を皆で乗り越えるしかない……」

「ルイ十六世陛下が拒否権を発動するかもしれませんぞ」

「…………」

「仮に我々が決断して、仮に議会は強行突破できたとしても、拒否権を発動されてはお終《しま》いです。拒否権は国王大権のひとつですから、議員も、閣僚も、土台が文句をいえたものじゃない。まことしやかに法案に仕立てても、そも連盟兵二万の駐留など軽薄な思いつきの程度にすぎないわけですから、ははは、そうそう簡単には通用しないでしょう」

デュムーリエだった。その言葉は親身の忠告というより、むしろ威嚇《いかく》めいていた。矛先も明らかで、事実セルヴァンは救いを求めるような目をこちらに投げてきた。

勝手な真似《まね》をしおってと、デュムーリエは新しい陸軍大臣の働きが気に入らないようだった。議会に発議するに際して、セルヴァンは事前の相談を省いてしまったらしいのだ。

ないがしろにされたと憤然となる以前に、デュムーリエは人事そのものからして、気に入らない様子だった。セルヴァン入閣は自らの推薦でなく、ロラン夫人の意向で決まったと、かかる経緯に納得していないのだ。

——詰まらないことを……。

そんな理由で仲間割れなどしている場合ではない。誰もが思っているのだが、面と向かって叱責《しっせき》できる者はいなかった。やはり大物なのだ。デュムーリエこそ内閣の中心人物なのだ。この百戦錬磨の将軍こそルイ十六世の信任厚く、この要人を通じて執政に参加させてもらっているにすぎないのが、ブリソ派もしくはジロンド派の立場なのだ。

実際のところ、デュムーリエに臍《へそ》を曲げられては終わりだった。この男に勧められれば、ルイ十六世が拒否権を行使するのは、まず間違いないからだ。

ブリソ派もしくはジロンド派が努力奮闘したあげく、議会工作の成功まで漕《こ》ぎつけても、そのときデュムーリエの機嫌を損じていては、全て水泡に帰してしまう。

さすがに相手が悪いと、沈黙が続いていた。デュムーリエに声をかけられるとすれば、もう他にはいないはずだった。

「もしや将軍は『オーストリア委員会』に同情的なのですか」

と、ロラン夫人は始めた。

自分でもギョッとしたほど、大胆な切り出し方だったが、他に方法もなかった。相手は男だからだ。それも大物、少なくとも大物を気取る人物だからだ。女を向こうに回して、いきなり罵声《ばせい》など張り上げない。かえって張り上げることができない。

事実、デュムーリエは平らな声で答えた。

「同情するもなにも、はじめから『オーストリア委員会』など実在しておりますまい」

「疑いが晴れたわけではございませんわ」

「仮に実在していたとしても、マダム、『オーストリア委員会』など問題ではありませんぞ。フランス軍が勝てない理由は他にあるからです。真の問題を解決しようとするのでなく、『オーストリア委員会』などでっちあげて、なんといいますか、敗戦の責任転嫁を試みたところで、時間の無駄にしかならない……」

「まあ、将軍、それは違いましてよ」

「責任転嫁というのは、確かにいいすぎたかもしれませんが……」

「いいえ、責任転嫁は責任転嫁で間違いありません」

「…………」

「他に意図などあるわけがありませんわ。私が違うというのは、責任転嫁は無駄ではないということです。つまり、敗戦の責任を王家に転嫁することこそ、今は大切なのではございませんかと」

「徒《いたずら》に陛下の御気分を害して、全体なんの得があるというのです」

「ですから、それで、私たちが救われます。要は国民の不満を逸《そ》らすことができればよいのです。我々でなく、『オーストリア委員会』を憎んでくれればよい。王や王妃の悲しい顔を思い浮かべて、しばし心が晴れたとするなら、それで大成功なのです」

「しかし、あまりに……」

「姑息《こそく》ですか。小細工にすぎますか。ええ、所詮《しょせん》は女の考えることですもの」

ロラン夫人は今こそと得意の笑みを拵《こしら》えた。それでも、ときには役に立ちますわ。ええ、これは小さな仕事なのです。女の小技で十分、というか、これは女の小技のほうが生きる仕事でしょう。時間稼ぎさえできれば、それで上出来なんですもの。

「土台が将軍を煩《わずら》わせるような話ではございません。ええ、閣下は大きな仕事に力を傾注なさいませ。ええ、ええ、そのうち勝ってくださるのでしょう、前線のフランス軍は」

「………」

「それこそ大きな男の仕事ですもの。閣下にお任せしていれば、なにも心配ありませんわね」

デュムーリエは苦笑に逃れた。あるいは逃れることでしか、男子の体面を守れなかったというべきか。もちろんロラン夫人は、さらに言葉で追い詰めて、それさえ奪い尽くそうとするではなかった。ただ思わずにはいられない。

──デュムーリエは、あてにならないわ。

少なくとも思い通りには動いてくれない。邪魔はしないまでも、積極的な協力は得られない。ならば、こちらで独自に動くしかない。

──だって、法案は全て通過させなければならないもの。

宣誓拒否僧を排斥する法案も、近衛隊《このえたい》を廃止する法案も、連盟兵二万人の予備役陣営を設営する法案も、王家を締め上げるものは全て、ルイ十六世自身に批准《ひじゅん》してもらわなければならない。

──人々に信じさせるため……。

ルイ十六世はブリソ派もしくはジロンド派に屈服させられた。もはや「オーストリア委員会」は密《ひそ》かな活動も許されない。あとは前線からフランス軍の戦勝報告が届くだけだ。そう人々に信じさせる線しか、やはり残されていないのだ。

反対に拒否権など行使されては、ルイ十六世は不屈だ、「オーストリア委員会」は健在だ、フランス軍は負け続けるだろうと、大衆の悲観は募るばかりになる。王家さえ克服できないブリソ派もしくはジロンド派が、敵軍を打ち負かせるはずがないとも論じられる。そうなったら、あとは破滅だ。ロベスピエールが一気の台頭を果たすにせよ、フイヤン派が復活を遂げるにせよ、こちらは破滅の一本道だ。

念を押します、とセルヴァンが声に出していた。拒否権の行使などという愚かしい真似は、厳に
「ええ、内閣を挙げて、王を説きます。

控えていただくようにと」

デュムーリエに囁《ささや》かれでもしなければ、ルイ十六世が拒否権を行使するなど、まずは考えられない話だった。が、こうして話題にしてみると、やはり楽観は許されない気になる。ロベスピエールの前例もあるからには、用心するに越したことはないとも思う。

「ええ、そこは我々で釘《くぎ》を刺しましょう」

「なに、陛下ときたら、よきにはからえとしかいいませんから」

財務大臣クラヴィエール、法務大臣デュラントンも、あとに続いた。その言葉通りに尽力してくれるだろうことも疑いないが、この両名を動員して、なお不安を払拭《ふっしょく》できるではなかった。

裏を返せば、ここは自分しか止められない、ルイ十六世の拒否権を完璧《かんぺき》に封じられるのは自分しかいないと、それがロラン夫人の思いだった。デュムーリエの妨害とも渡り合わなければならないならば、まして自分の意向は欠けることなく閣議に反映されなければならない。とすると、手足になって働いてくれる人材は他にいない。

「あなた、ちょっと」

夫人はロランに声をかけた。内務大臣となっている夫も、また閣議に参加するはずだった。

クラヴィエール、デュラントン以上の活躍を期待できる玉ではない。従順であるという他に取柄はない。が、それこそ最大の武器なのだと、そこにロラン夫人はかけるつもりだった。

22――恐妻家の輩

内務大臣ロラン・ドゥ・ラ・プラティエールは、なんとも冴《さ》えない男だった。見た目からして地味で、しかも野暮ったい。それを恥じる様子もなく、非常識なくらいの無頓着《むとんちゃく》を、よしとしている風さえある。

「はん」

思い起こせば、ルイは鼻で笑う気分を禁じえない。

それはロランが初めて参内《さんだい》した日のことだ。内務大臣は薄い髪を後ろに撫《な》でつけたきり、鬘《かつら》も載せず、ただ丸い帽子だけ被《かぶ》って現れた。法官めいた黒衣にも折り目正しい風が感じられなかったのは、着なれたというより着古した、本当の普段着だったからだ。後日ロラン自身に聞かされた話では、着なれた服は生地が柔らかくなっていて、それが心地よいから仕事が捗《はかど》るのだそうだ。

本人の弁明は措《お》くとして、これには宮殿の侍従たちが騒がないでは済まなかった。なかんずく眉《まゆ》を顰《ひそ》めたのが、甲のところでリボンが結ばれただけの靴だった。さすがに我慢ならないと、ひとりが近づき、小さく耳打ちした先が、外務大臣デュムーリエだった。

「ああ、ムッシュー、あちらの方の靴には留め金がございません」

「あらあら、ムッシュー、それは一巻の終わりでございますなあ」

デュムーリエは機転で笑いにしてしまった。その場は切り抜けられたものの、これで新しい内務大臣の不調法も広く知れわたることになった。が、なおロランは少しも気にしなかったのだ。

香水をプンプンさせて、並外れた才知と膂力《りょりょく》を、これでもかと表現するような外務大臣のほうもどうかと思うのだが、だからといって、ロランで問題なしという気にもならない所以《ゆえん》である。

いや、それでも総じての印象は悪くなかった。人物は見た目で判断するべきではないというのが、ルイの持論でもあった。

地味で、野暮で、冴えない男と一括《ひとくく》りにするならば、我が身も別範疇《べっはんちゅう》ではないと客観的な自覚もある。それでも中身には自信があるのだ。

ちゃらちゃら着飾るような男は、そうすることで足らない器量を嵩増《かさま》ししようとしているのであり、できる男ほど一見したところは地味で、野暮で、冴えないものなのだと、逆説を唱えたい気分すらある。

——実力十分であるならば、わざわざ切れ者を装う必要もない。

つまりは自分がそうだと、ルイの心に自負が疼《うず》いてならないわけだが、この同じ気分からロランについても、端《はな》から否定するではなかったのだ。

内務大臣としての働きぶりも悪くなかった。さて、ジロンド派もどこの馬の骨を担ぎ出してきたものかと思いきや、ロランは革命前から工業監察官として、フランス王国行政の基幹を担ってきたのだという。

いいかえれば、フランス王ルイ十六世の忠実なる臣下だったわけであり、なるほど、できるはずだと、かえって好印象を受けていたほどなのだ。

——それが、ああいう態度では、なあ。

さすがに感心できないと、ルイの評価が急転回していた。いきなり大声を出されたからだ。ロランについては物静かな輩《やから》だとも考えていたからだ。

再びデュムーリエを引くならば、この陽性の男はロランを「テルモジリス」と綽名《あだな》していた。テレマコス王を補佐したエジプトの大神官の名前だが、必ずしも悪意の命名ではないだろうと、それがルイの聞き方だった。

というのも、実力派とは元来が静かなものだ。大言壮語したり、無闇《むやみ》に自分を主張したりするのは、相場が負け犬か、さもなくば綱渡りのように世を生きている山師の類《たぐい》だ。

ああ、できる男たるもの、大声を張り上げるだなんて、そんな見苦しい真似《まね》をするものではない。

――なのに、あのときのロランときたら、物凄《ものすご》い剣幕だった。

六月十日の話になる。

その二日前に陸軍大臣セルヴァンは、連盟兵二万人の予備役陣地をパリ郊外に設営する発議をなした。

ルイとしては、なにという思いもなく聞いた。

密《ひそ》かに接触してきたデュポール、つまりは議会の主導権と閣僚の椅子《いす》を取り戻さんと、今や必死のフイヤン派の領袖《りょうしゅう》は、これは陛下のためにならない、拒否権を発動せよと勧めてきた。

十日までには八千人の反対署名が提出され、陸軍大臣セルヴァンの問責決議も動議された。だからといって、なおルイは拒否権を発動するでもしないでもなかったのだ。

気が変わったのが深夜の話で、ロランがテュイルリ宮に乗りこんできたからだった。大声を張り上げたというのは、このときのことなのだ。拒否権など断じて行使なされるなど、ほとんど脅すような勢いだったのだ。

「いえ、五月二十九日の法案については、無事に批准《ひじゅん》をいただきました。けれど、他にもふたつの重要な法案が議会で可決されております。いずれも公《おおやけ》の安寧と国家の安全を根本から左右するものでございます。かかる二法案の批准が遅れているのです。ゆえに世の不信を招いているのです」

そう前置きしてから、いよいよロランは前のめりになっていった。ええ、こうした事態が長引けば、当然ながら不満が蓄積されていきます。現下の興奮状態では、どう転んでいくとも知れたものではありません。ええ、ええ、ぐずぐずしている場合ではない。時間稼ぎの手すら与えられていないのです。

「なんとなれば、革命は人民の心のなかに生じ、しっかり根づいてしまったのです。最悪の不幸も、今ならまだ知恵の力で避けることができます。が、それを陛下がなさらなければ、あとの革命は流血をもって自ら完成することでしょう。かかる供物《くもつ》において、いっそう堅固なものに成長することでしょう」

詰め寄り方といえば、鬼気迫るほどだった。いえ、玉座そばでは厳しい調子の真実の言葉など滅多に歓迎されないのだと、理《ことわり》を知らぬわけではないのですが、そうだからこそ革命が必要になってしまうという理のほうにも、どうか御留意なされますよう。そう結んだ言葉にこそ、いくらか気弱に後退した風がみられたものの、なお内容をみれば高圧的な脅しに他ならなかった。

物静かな男が、まさに人変わりしたようだった。

これは全体なにごとが起きたのかと、当座はルイも瞠目《どうもく》を強《し》いられた。が、今にしてロランの事情を聞けば、なんというか、実に他愛《たわい》ない話だ。

「つまり、あれだろう。ロランというのは、恐妻家の輩なんだと」

デュムーリエは苦笑で頷《うなず》いてみせた。

六月十四日、テュイルリ宮の閣議の間で、またしてもルイは思い出の軍港シェルブールの功績で聞こえた将軍と、二人きりになっていた。

デュムーリエも口を開いた。ロランの家にあっては、奥方のほうが男のようなものでして。

「ロランが読み上げた手紙にしても……」

「手紙ですと」

「ええ、十日の夜にロランが陛下に長々と説いた口上、あれには下書きがあったというわけです」

「なるほど、確かにロランは私に言葉をぶつけながら、ちらちら何度も手元に目を落としていたね」

「それでございます。その元原稿が手紙の形で書かれたものだったのです」

「それで」

「手紙も形としては、ロラン自身が書いたものです。また実際に自身の筆跡でもあります。ところが、それは奥方が喋《しゃべ》る言葉を、なんと申しましょうか、ロランのほうが口述筆記したからのようでして」

「大臣が秘書のような真似をするなんて、まるであべこべじゃないか」

「これも革命ということでしょうか」

「はは、毒舌がすぎるぞ、デュムーリエ」

「これは失敬をば」

冗談口まで交わしたのだから、ルイとしても少しは笑わなければならなかった。が、いつまで哄笑《こうしょう》を響かせている気にもなれない。ロランを小馬鹿にするならするで、話は前に進めなければならない。

「まあ、明かされてみれば、なるほど納得という話だね」

やや不自然ながらも笑いを切り捨て、ルイは続けた。ロランというのは、やはり根は物静かな男なんだろうね。それが豹変《ひょうへん》して、あろうことか王たる者に大声まで浴びせかけたんだから、まさに常軌を逸していたというか、つまりは心が追い詰められていたんだね。退路を断たれた格好で、もう前進するしかなかったんだね。つまりは、こうだ。

「あなた、きちんといってきてちょうだいね」

ルイは常ならず、女の声音まで真似てみせた。失笑のデュムーリエに続けたことには、それきんきん響く奥方の金切り声に背を押されて、えいやと玄関を出てきたからには、それを十全に果たさないでは、もう帰る家もなくなってしまうという寸法だよと。

「いずれにせよ、女房の尻に敷かれる男というのは、なんとも情けないものだね」

まとめながら、ルイは本当に唾《つば》でも吐きかけたい思いだった。ああ、地味で、野暮で、物静かで、つまりは冴えない男でも、それ自体は謗《そし》られる理由にはならない。が、それも女のいいなりになるようでは駄目だろう。そこまで自分がないでは、もう男とは呼べないだろう。

「ああ、そんな風では、軽んじられても文句などいえた義理じゃあるまいさ」

「……………」

なにか気の利いた言葉でも返るかと思いきや、今度のデュムーリエは無言で、さらに無表情だった。さすがの社交上手も、そこまで器用ではないということか。

六月十一日、ルイは拒否権の発動を決めた。パリ郊外に連盟兵二万人の予備役陣地を設営するという六月八日法案は無論のこと、かねて気に入らなかった五月二十七日法案、すなわち宣誓拒否僧の断罪を定めた法案についても、併せて批准を拒否してやった。

いうまでもなく、ロランの態度が業腹《ごうはら》だったからだ。

――早速クビにもしてやった。

六月十三日、ルイは憲法がフランスの王たる者に認めた権限の名の下に、内務大臣ロラン、さらに財務大臣クラヴィエール、陸軍大臣セルヴァンの更迭《こうてつ》を発表した。内閣には、さほどの存在感もなかった法務大臣デュラントンと海軍大臣ラコスト、それに事実上の首相というほど目立っていたデュムーリエだけを残した。

いいかえれば、うるさくてならなかったジロンド派の閣僚ばかりを、この機会に一掃した格好である。

――なにも迷う理由はない。

デュムーリエの慎重顔を見据えながら、ルイのほうは心平らかなままだった。

我ながら大胆な真似をしたと、心昂《たかぶ》るわけでもなかった。更迭を決めた刹那《せつな》の感覚をいえば、それこそ冷ややかに切り捨てたというだけだった。

――というのも、当初の目的は達せられている。

もはや戦争は始まった。閣僚をジロンド派から選んだのは、それが主戦派の徒党だったからだ。開戦に運んでくれさえすれば、よかったのだ。

いざ戦争が始まれば、やはりフランス軍は振るわなかった。このまま負け続けてくれれば、オーストリア・プロイセン連合軍は、もう明日にも国境を破るだろう。パリに迫る日とて遠いものではないだろう。

23――先手

全てはルイの思惑通りに進んでいた。

――ジロンド派など、もう用なしだ。

使い捨てにして、なに惜しい連中でもなかった。多少の躊躇《ちゅうちょ》があるとするなら、もう少し使い続けてもよかったかなと、つまりは敗戦が決定的になるときまで、その責任を問える立場に据えおいてもよかったかなと、それくらいのものである。

まあ、戦争を始めたのは、誰がみてもジロンド派で間違いない。それが無残な結果に終われば、民衆の怒りの矛先はジロンド派にしか向かいえない。引き続きの登用に、それほど積極的な意味は見出《みいだ》せない。であるならば、形ばかりの地位とて一切やりたくない。というのも、卑劣きわまりないジロンド派の奴《やつ》ばらめ。

――敗戦は「オーストリア委員会」のせいだと、責任転嫁してきおった。

そう胸に吐き捨てれば、平らかだったルイの心も、ようやく波を立て始める。冷たさから一変して、灼熱《しゃくねつ》の温度を孕《はら》んだかと思えば、たちまち怒りの炎が暴れる。ああ、ジロンド派など、もはや断じて容赦できない。こちらの意図も見抜けず、また状況も判断できず、負けるしかない戦争を始めてしまった己の馬鹿さ加減は棚に上げて、全てを「オーストリア委員会」のせいに、つまりは王妃マリー・アントワネットのせいにするなど、これほど男らしくない了見があるか。

——許さん。

絶対に許さん。もはや打倒あるのみと、ルイは心を決めたのだ。とはいえ、ただ怒りに我を忘れて、なんの計算もできなくなっては、それまた御話《おはなし》にならない。

「どうしたんだね、デュムーリエ」

ルイは無理にも水を向けた。さっきから、どうして黙っているのだね。

「内閣改造に不満があるわけではないだろうね」

「それは、もう、不満などとは……」

十三日即日の人事で、更迭《こうてつ》した大臣の後釜《あとがま》も決めていた。

陸軍大臣には外務大臣から転任させて、他ならぬデュムーリエを就けた。後任の外務大臣にはピエール・ポール・ドゥ・メルデューを、ロランの後任の内務大臣にはジャック・オーギュスタン・ムールグを、それぞれ就けている。

ムールグはシェルブールで技師をしていた男だ。財務大臣クラヴィエールの後任ばかりは未決ながら、少なくとも暫定的《ざんていてき》には新内閣が発足している。

「ああ、不満などあるわけがないね」

ルイは押しつけるような調子で続けた。それは事実上デュムーリエの内閣だった。これまでも首相同然だったが、うるさいジロンド派を廃した今や、全てはデュムーリエの胸三寸とさえいいうる。

もちろんルイにはルイなりの計算が働いていた。デュムーリエを盾にしたいと、そう考えての重用だった。

ひとつには、敗戦を責めるだろう国民の声を遮《さえぎ》る盾である。責任の所在を明らかにしておくためには、開戦時の大臣が誰もいないではうまくない。

――もうひとつには、私とて只《ただ》で済むとは考えていない。

ジロンド派を切り捨てた。そのことに後悔はない。が、同時に覚悟は決めなければならなかった。なんとなれば、あやつらは卑《いや》しい成り上がりなのだ。自らの分を弁《わきま》えることなく、どこまでも増長する愚か者なのだ。それがゆえに恐れを知らず、誰が相手であろうと、報復の一撃を躊躇したりしないのだ。

ジロンド派は激怒していた。誰より先にロランが怒り心頭に発していた。

「ああ、そうか、デュムーリエ、さっきの手紙というのは、あの手紙というわけか」

我ながら素頓狂《すっとんきょう》な声になっていた。構うものかと、ルイは続けた。だから、ロランが奥方に書かされたという手紙だよ。ちらちら読みながら、その言葉を私にぶつけたという、下書きの手紙だよ。

「議会で朗読され、満場の拍手喝采《はくしゅかっさい》を得たあげくに、活字に起こされたものがフランス全土の各県に発送されたという手紙は、あれのことなんだろう」

「いかにも。若干の手直しはありましょうが、基本的には六月十日と同じ内容でございます」

「なるほど、なるほど、確かに盛り上がるだろうね、あの手紙なら」

思えば大したものだね、ロランの奥方というのも。そう惚《とぼ》け口《ぐち》を続けながら、ルイは今度こそ戦慄《せんりつ》する思いだった。

ロランのような冴えない男が、全国に発送された手紙のおかげで、一躍時の人だった。ある面では一七八九年のネッケル熱を思い起こさせるほどだ。

その勢いに乗じる形で、ジロンド派の猛反撃も始まった。例の「オーストリア委員会」を持ち出しながら、引き続き世論を操らせれば、まさに御手《おて》のものだった。自派にとっての屈辱的な大臣更迭劇を、祖国にとっての多大な損失であると摩《す》り替えながら、連中は議会に遺憾《いかん》の意すら表明させた。

当然ながら、攻撃の照準はフランス王ルイ十六世の心臓にこそ、ぴたりと合わせられている。その盾にとルイは期待したわけだが、さすがのデュムーリエにも今度の圧力ばかりは、容易に耐えられないようだった。

事実、新しい陸軍大臣として臨んだ十三日の議会から、デュムーリエは罵声《ばせい》の的にされたという。すでにしてジロンド派は、あからさまな敵になっていたのだ。

戦況など報告できた状態でなく、まともに発言もできなかった。のみか、閣僚として兵団の管理能力を問われることになった。そのまま査問にかけられる運びになり、さらに弾劾《だんがい》裁判まで開かれるとか開かれないとか。

その苦境が不自然な沈黙と、常ならぬ無表情に表れていた。いざ始めても、デュムーリエの口ぶりは重かった。

「実は陛下……」

思い詰めたような表情が、これほど似合わない男もなかろうと考えると、ルイは少し可笑《おか》しかった。滑稽味《こっけいみ》を感じられた分だけ、あるいは心に余裕があったのかもしれない。次に飛び出すだろう言葉が、予測の範囲内だったことは事実だ。

「拒否権を取り消してはくださいませんか」

「できません」

やはり来たかと思うだけ、ルイは即座に叩き返した。

「五月二十七日の法案だけでも、批准《ひじゅん》してはいただけませんか」

落としどころがあるとすれば、そこだろうとはルイも考えていた。拒否権を発動したのは二法案だが、どちらが王家にとって深刻かといえば、六月八日の法案のほうだった。二万の兵力で監視される体《てい》では、それこそオーストリア・プロイセン連合軍がパリまで侵攻してきたときに、この身が人質に取られかねないのだ。

反対に五月二十七日の法案は、宣誓拒否僧を糾弾《きゅうだん》するものである。やはり感心しない話だとはいえ、こちらに害が及ぶわけではない。

——ここで私が譲れば、デュムーリエの顔が立つ。

デュムーリエにすれば、それがジロンド派と和解するための条件なのかもしれなかった。さらにルイとして思うに、自分に対する怒りにせよ、いくらかは鎮まるのかもしれない。少なくとも全面対決という最悪の事態だけは、ひとまず回避できるだろう。

——が、そういうつもりが、この私にはないというのだ。

デュムーリエは、もっともらしい理屈を続けた。

「宣誓拒否僧に手を差しのべられて、陛下は宗教を救うつもりでおられるのかもしれません。けれど、恐れながら、それでは逆にフランスの信仰生活が壊れるばかりでございます。救われるどころか、僧たちは虐殺されてしまうからです。ほとんど私刑と変わらない手続きであるとはいえ、まだしも追放の措置を認めたほうが……」

「嫌です」

「…………」

「嫌なものは嫌なのです。拒否権は撤回しません」

断固拒否の意を伝えて、ルイは目を逸《そ》らさなかった。だから、私の決意は固いのだ。もはやジロンド派など、一刻とて容赦しておかないのだ。このままでは全面対決になるというが、それこそ私の望むところなのだ。

真意を解したということだろう。デュムーリエは溜《た》め息《いき》ひとつで改めた。

「さすれば、小生としては……」

「大臣を辞めますか」

「…………」

「辞めなさい。ええ、デュムーリエ、しばらくパリを離れるがよい」

「と申されますのは」

「貴殿も軍隊の人間でしょう。今は有事です。戦場に向かってください」

もっとも戦場のほうが穏やかかもしれませんが。そう付け足しても答えず、デュムーリエは辞儀だけ残して、閣議の間を辞していった。

かつかつ響く足音が聞こえなくなった。それを潮《しお》に息を吐くと、ルイはくるりと踵《きびす》を返した。黄昏色《たそがれいろ》の窓辺へと移動しながら、小さく声を発すれば、まさに総身が引き締まる思いだった。

「さあ、いよいよだ」

いよいよ全面対決が始まる。その先手を自分から打てたことを、さしあたりルイは喜ぶことにした。ああ、早晩避けられないものならば、こそこそ逃げ隠れしていても始まらない。むしろ敵を後手後手に立たせながら、こちらで万事を塩梅《あんばい》したほうがよい。

――心の準備なりともできるわけだからね。

絶対に折れてはならないと、自分に言い聞かせながら、その日を迎えることができるわけだからね。算段を確かめるほど、ルイの心に噴き上げるのは、自分でも驚くくらいの闘争的な言葉だった。ああ、あやつらは許さない。こちらが折れるどころか、反対にジロンド派の高慢な鼻をへし折ってやる。

来《きた》るべき全面対決さえ凌《しの》げば、もはや連中など怖くないはずだった。なにをやらせても駄目な輩《やから》と、国民はきっと見放すだろうからだ。「オーストリア委員会」など出まかせだったと悟りながら、そのときこそ敗戦の責任者を糾弾するだろうからだ。

――かかる裁きの先頭に立つのだ、このルイ十六世こそが。

王家の復権は、その先にある。そう信じて疑わないなら、なにも悲観するような話ではないと、ルイは思いついた。ああ、むしろ喜ぶべき話だ。別な言い方をすれば、復権の道筋がみえてきたのだ。ああ、もうじきだ。ああ、やれる。きっと、勝てる。自ら戦《いくさ》をしかけながら、今の私に怖いものなどないのだから。

24——理不尽

——夫のことは褒めてあげたい。

それとして、ロラン夫人の本心だった。

与えられた役目を果たすことができなかったと、しゅんとなって落ちこむ様子をみるにつけ、よくやったよくやったと、ロランのことは褒めてあげたい気持ちになるのだ。

実際のところ、全力を尽くしてくれたろう。長年の伴侶《はんりょ》として、ひとつの疑念も抱《いだ》かないところ、少なくとも指示された仕事は指示された通りに遂げてきたはずだった。ええ、ロランはそういう男だわ。だから、よくやってくれたんだわ。

クラヴィエールも、セルヴァンも、同じように健闘したに違いなかった。あのデュムーリエでさえ、力を尽くしてくれたといってよい。

勝手に新たな内閣を作るなどと、裏切りに等しい真似《まね》に及んだことで、数カ月来の盟友関係も一度は決裂してしまった。が、それゆえの攻撃に耐えかねて、デュムーリエは再度の協力を申し出た。当然ながら全幅の信頼を置けるわけではなかったが、その不足を存在感の大きさで補いながら、やはり最後はブリソ派もしくはジロンド派のために働いてくれたのだ。

つまるところ、こちらは総力を挙げた。にもかかわらず、ルイ十六世は行使した拒否権を取り下げなかった。五月二十七日の法案、六月八日の法案、どちらについてもだ。

——全体、どういうこと。

王がこうまで頑《かたく》なな態度を示すとは思わなかった。拒否権の発動など念頭にないとさえ考えていた。熱弁を振るったロランを筆頭に、内閣を挙げて念を押したからには、間違いは万が一にも起こるまいと、そうも固く信じていた。

実際に拒否権を発動されても、まさかという思いで受け止めた。それが現実だとするならば、デュムーリエが詰まらない了見で動いたからだと決めつけた。ならば当のデュムーリエを動かすまでだと、なりふりかまわず圧力をかけた。こちらの思い通りに説得に赴かせて、なおルイ十六世は態度を改めようとはしなかったのだ。

——こんなに無礼な話ってあるかしら。

さすがのロラン夫人も、カチンと来た。というのは、こちらから擦《す》りよったわけではないのだ。デュムーリエの推薦を介した話だといいながら、ブリソ派もしくはジロンド派からの人材登用を希望したのは、あくまで王のほうなのだ。

——だったら、任命責任があるのではなくて。

任命後に気に入らない部分が出てきたと、それはありえる。が、なお入閣させた自らの責任を省みるなら、こうまであからさまな虚仮《こけ》の仕方はできないはずだ。なにせ大事な法案を反故《ほご》にしたのみならず、党派の大臣を綺麗《きれい》に切り捨ててしまったのだ。あんな連中の肩を持つようならばと、寵臣《ちょうしん》デュムーリエさえ内閣から追ったというのだ。

ほんの誠意の印としても、譲歩の姿勢は示さない。これほどまでの非常識は考えられない。少なくともルイ十六世には考えられない。才走る手合いではないながら、ほどほどに知性はあり、果断な勇気に欠けるだけに、穏健派であるはずの王にあっては、ほとんど考えることができない。

となると、あとのロラン夫人の推量には、ひとつの答えしか残らなかった。

——王妃マリー・アントワネットが……。

ルイ十六世を口説いた。あなた、拒否権を発動してと命令した。要するに我儘《わがまま》をいったと、それがロラン夫人の見立てだった。ええ、そう考えるなら、たちまち全ての謎《なぞ》が解ける。しっくり来なかった話にせよ、ことごとく頷けるようになる。

デュムーリエは無論のこと、ブリソ派もしくはジロンド派の人材についても、登用を決めたのはルイ十六世自身で、それはまず間違いなかった。

なにか政治的意図があったとか、大胆な方針転換を図ったとか、そんな風に大真面目《おおまじめ》に意味づけするより、より蓋然性《がいぜんせい》が高いだろう答えは、単に主体性がないからだ。寵臣に勧められるまま、王は誰と意識もないまま、無頓着《むとんちゃく》に任命しただけなのだ。

かくて進められた開戦もさりながら、余儀なくされた敗戦も、ぼんやり顔のルイ十六世には上の空の出来事だったはずである。法案の是非にしても、同じように真顔で検討したわけではない。ああ、そうなのだ。

聖職者民事基本法については、すでに批准《ひじゅん》を果たしている。宣誓拒否僧の糾弾《きゅうだん》とても、別して看過ならないわけではなかったろう。

パリ郊外に連盟兵二万の陣営を置くといわれれば、あるいは多少は身構えたかもしれないが、ブリソ派もしくはジロンド派と全面対決を強《し》いられる危険を思えば、ひきかえに呑《の》めない妥協ではないはずだった。

――けれど、そこでマリー・アントワネットが騒いだんだわ。

二万の連盟兵だなんて、冗談じゃありません。敵意むきだしの兵隊に取り囲まれている生活だなんて、わたくし、ただの一日だって我慢なりません。我慢ならないといえば、故国のオーストリアでは、今もカトリックが熱心に信仰されておりますのよ。神父さまを困らせるような法律なんて、あなた、いい加減で取り消しになされたら如何《いかが》かしら。

そんな風に説いたのだと想像するほど、ロラン夫人には耳に痛いような金切り声までキンキン響いて、今にも聞こえてくるようだった。

一緒に瞼《まぶた》に浮かぶのは、ルイ十六世の弱り顔である。王妃の剣幕にタジタジになりながら、なんてだらしのない面相だろう。

それで一国の王が務まるの。それで本当に男といえるの。詰め寄りたい思いさえあるのだが、少なくとも意外な姿というべきではなかった。鷹揚《おうよう》な肥満王には我儘女房の尻に敷かれる図のほうが、むしろ似つかわしいほどだ。だから、そうなのよ。やはり、マリー・アントワネットなのよ。

あなた、拒否権を行使なさって。あなた、ジロンド派の大臣なんか、さっさとクビにしてちょうだい。そうやって王を動かし、こちらが今日まで努力に努力を重ねながら、ようやく軌道に乗せた政治を、あの女ときたら、あっさり台無しにしてしまったのだ。

「許せない」

そう小さく呟《つぶや》けば、もう直後にはキイと叫んで、髪の毛を掻《か》き乱したい衝動がある。「オーストリア委員会」というものが本当にあり、その盟主としてマリー・アントワネットが本当に故国と内通しているというような、フランス軍の劣勢を招くべく軍事機密の類《たぐい》まで漏洩《ろうえい》させているというような、そんな噂《うわさばなし》話まで心から信じられる気がしてくる。

──いえ、やっぱり、それはないわね。

私たちを罠《わな》に嵌《は》めているほどなら、むしろ褒めてあげたいくらいだわ。そう思い返すほど、ムカムカしてたまらないのは他でもない。

ロラン夫人が専断するところ、マリー・アントワネットは何もしてはいなかった。姫様育ちの世間知らずが、何かできるはずがない。常識知らずの無学者が、何を考えられたものでもない。ときどきに思いついた我儘を、ただ気分で口走っているにすぎない。

ああ、そうだ。そうに決まっている。

――そんなものが、そのまま通用していいの。

ロラン夫人が憤慨しないでいられないのは、まさにその理不尽だった。

通用するなら、そのときはフランスの革命など、有名無実の空騒ぎに落ちてしまう。ええ、王侯貴族の気まぐれで政治が動いてたまるものですか。なかんずく、マリー・アントワネットの好きにさせてなるものですか。なにからなにまで恵まれてきた女が、これからも世界の中心に座したまま、思うがままに周囲を動かすだなんて……。

――許せない。

やはり許せないと、ロラン夫人の怒りは燃えさかるばかりになる。

屈辱的だとさえ感じてしまうのは、自分は頑張っているとの自負があるからだった。ええ、頑張っているからこそ、幸運に与《あずか》る資格も、幸福を謳歌《おうか》する権利も、手に入れることができるのだ。

逆に、何の努力もしない女が楽しい思いを味わえてよいはずがない。少なくとも才能豊かな私まで出し抜いてよいはずがない。まだしも男はわかるとして、この私が他の女に負けるだなんて、それだけは認められない。

「ええ、絶対に認められない」

吐息に託して、小さく呻《うめ》けば、そこは元のブリタニク館だった。右岸のヌーヴ・デ・プチ・シャン通りから、セーヌ河を南に渡り、また左岸のゲネゴー通りに逆戻りになっていた。

いや、ブリタニク館とて華やかといえば華やか、瀟洒《しょうしゃ》といえば瀟洒な建物だった。選ばれた人士が集うにふさわしいと、ほんの三カ月前までは自慢にさえ思えた。それが今では、どうにも認めがたい現実なのだ。

僅《わず》かな間にすぎないながら、ひとたび大理石造りの内務大臣官邸に暮らした後では、みすぼらしいとさえ感じられてしまう。やはり私は侮辱を加えられたのだとも受け取れば、それを強いた輩《やから》など、いよいよもって許せなくなる。

「ああ、ラ・ファイエットは許せないぞ」

紅茶の碗《わん》を片手に打《ぶ》ち上《あ》げたのは、声を荒げても上品な感じのあるジャンソネだった。

六月十八日になっていた。その日の議会で読み上げられたのが、前線の都市モーブージュから十六日付で出されたというラ・ファイエット将軍の手紙だった。

軍隊の規律低下を嘆くことで、戦線の停滞を弁明しながら、同時にフランス国内の無秩序を憂《うれ》い、また政治クラブに最近とみに散見される逸脱行為に手厳しく非難を加えると、それが手紙の内容である。

「だから、外国とは戦えないというのか。まずはフランス国内を平らげることだと、政治クラブは諸悪の根源として根絶しなければならないのだと、要するに自分にはクー・デタを起こす準備があると、ラ・ファイエットはそういいたいわけなのか」

議会が引けて間もないだけに、ジャンソネは興奮冷めやらない体《てい》だった。

確かに腹立たしい話だと、そこはロラン夫人も認めるにやぶさかでなかった。が、同時にラ・ファイエットなど大した問題ではないとも思う。

急浮上したデュムーリエが妬《ねた》ましい。ジャコバン・クラブ、とりわけジロンド派の勢いを抑えたい。なかんずく、僕のことを忘れてくれるな。そうやって、ちょっと拗《す》ねてみせたにすぎないと、それがロラン夫人の観察なのである。

土台が戦場にいて、ジロンド派の大臣が更迭《こうてつ》されたことも、デュムーリエまで内閣を追われたことも知らぬまま、大急ぎで書き散らした手紙である。とんちんかんな中身にならざるをえない。もうラ・ファイエットに浮かぶ瀬などない。

だいいち、女の直感が怖くはないと教えていた。そうであるかぎり、どこまで侮ろうとも、大きな支障は来《きた》さない。怖いところは怖いと、なお必要な警戒は怠らないからである。

「ラ・ファイエットもさることながら、いよいよフイヤン派の逆襲が始まるぞ」

受けたのは、ブリソだった。さすがの見識だと、ロラン夫人も思う。

自ら悔い改め、内閣を旧に復する様子がないどころか、ルイ十六世は新たな改造人事でフイヤン派を入閣させていた。

外務大臣シャンボナ、陸軍大臣ラジャール、内務大臣テリエ・ドゥ・モンシェル、財務大臣ボーリューと、デュポールとラメットに人選が一任されたという噂も、あながち嘘《うそ》でないと納得させる顔ぶれで、変わらずの留任は法務大臣デュラントンと海軍大臣ラコストのみなのだ。

あげくにデュポールは、自らが筆をとるフイヤン・クラブの機関紙『代弁者《ル・ロゴグラフ》』のなかで、立法議会の即時解散と独裁権の獲得を王に勧告する論文まで発表した。もはや非常事態だからというが、どんな非常事態なのかと、ロラン夫人としても問わずにいられない気分だったのだ。

「わたくし、やっぱりフイヤン派のほうがよかったように思いますわ」

またマリー・アントワネットの声が聞こえてきた。許せない。認めない。再び逆上しそうになる自分を、必死の思いで抑えていただけに、男たちが続行した議論など、まだるっこく感じられてならなかった。

25――栄光と屈辱の記念日

「いや、フイヤン派の逆襲なんか、我々で潰《つぶ》してやりましょう」

今度はヴェルニョーだった。美男は弁舌まで爽《さわ》やかなほど、今日のところは軽薄を通りこして、なんの中身もないようにさえ感じさせた。ええ、手を拱《こまね》いている法はない。ええ、ええ、ナルボンヌ・ララ更迭《こうてつ》の一件を思い出させてやるのみです。

「あのときの外務大臣ドレッサールと同じように、フイヤン派の大臣など弾劾《だんがい》裁判につき出してやろうということかね」

「その通りです、ペティオン市長。それしかないのじゃありませんか」

「確かに他に妙案が浮かぶわけではないなあ。しかし、だ、ヴェルニョー君。あの新参の大臣たちに、全体どんな嫌疑をかけるかね」

「そんなもの、遠からず浮かんできますよ。反戦を唱えてきたフイヤン派ですから、今の内閣は戦争を終わらせようとするかもしれませんしね」

「戦争こそ無謀だったと判断されたら？　終戦の方向こそ国民に支持されたら？」

「それは……」

「だから、うまく『オーストリア委員会』のせいにできないと、我々の責任が問われることになるんです」

「ええ、それはロラン氏のいう通りだ。デュラントンの留任だって、恐らくそのとき吊《つ》るし上げるためのものですからね」

「やはり拒否権を取り下げさせるしかないのか。王家を屈服させるしかないのか」

「そういうが、デュコ君、もはや王に翻意を働きかける手は失われているんだよ」

「やはり新内閣を糾弾《きゅうだん》するしかありませんよ。早急に弾劾裁判に持ちこむしかないんです」

「だから、ヴェルニョー、そのためには告発するべき案件が必要なんだ」

「なければ、でっちあげるまでです」

「そりゃあ、ある程度は罪を造り上げるわけだが、それも元になるような失策がなされないと」

「なに、フイヤン派の閣僚ども、そのうちボロを出しますよ。それこそ一週間もしないうちに……」

「あら、一週間だと、もうすぎてしまいますわね」

ロラン夫人は介入した。いつもの微笑で、ちょっと思い出したような感じを装いながら、その実は内心の苛々《いらいら》を抑えられなくなっての介入だった。というのも、どうして、こんなに悠長でいられるのだろう。どうして誰も好機に気づかないのだろう。

「だって、もう今日は六月十八日ですよ。たったの一週間でも、もうすぎてしまいます。せっかくの六月二十日が」

「六月二十日が、どうかしたのですか」

ヴェルニョーが確かめてきた。いかにも悩みがなさそうな、端整そのものという御曹司《おんぞうし》顔《がお》が、いよいよ歯がゆく感じられてならなかった。だって、わからないはずがないでしょう。はっきり六月二十日と告げられたら、他にはありえないでしょう。

「記念日だ」

しかして、答えは返された。が、その野太い声は明らかにヴェルニョーではなかった。それが証拠に、刹那《せつな》に全員が振りかえっていた。

声の主をみつけるのは造作もなかった。それはサロンに居並ぶ紳士たちの列に阻まれ、なお頭ひとつ抜ける長身の男だった。

それよりも、もたれていた壁から離れた肩幅が、一見して尋常な広さでない。大樽《おおだる》さながらの巨軀《きょく》を、丸太のような足を動かすことで運びながら、のっしのっしという感じで前に踏み出してくるのは他でもない。

「一七八九年六月二十日、全国三部会が召集されたヴェルサイユで、産声《うぶごえ》を上げたばかりの国民議会が、球戯場《ジュ・ドゥ・ポーム》の誓いをなした栄光の記念日だ」

そう続けたのは、ダントンだった。近づいてくるにつれ、相貌《そうぼう》もはっきりしてきた。ときに少年のようであり、ときに不敵な確信犯のようでもある瞳《ひとみ》が、いつもながらの独特の光を宿していた。分厚い唇が動くほどに、その上下ともを縦に走る傷跡が、吐き出される言葉に自《おの》ずと凄《すご》みを加えるようでもあった。

「が、それだけじゃねえ。一七九一年六月二十日といえば、ヴァレンヌ事件の日付にもなる。国王一家がパリを抜け出し、祖国フランスを捨てようとした、今度は屈辱の記念日だ」

いちいち頷《うなず》きを返しながら、ロラン夫人は思う。抜群の政治感覚というべきだろう。ダントンという男、やはり只者《ただもの》ではない。

そうして認める気分は、あまり嬉《うれ》しいものではなかった。こみあげるのは逆に一種の悔しさであり、また無念のほうだ。ええ、どうしてジロンド派には、この手の才能が乏しいのだろう。

ひた隠しにしながら、ロラン夫人は笑顔で話を転がした。それでダントンさん、栄光と屈辱の記念日だと、全体どういうことになりますか。

「いうまでもねえ、大衆に火がつくだろう。なんてったって、記念日が大好きだからな。

それも六月二十日となった日にゃあ、王家に向けられる敵意なんか、もう天井知らずに高じちまうさ」

「そ、それは……」

ペティオンが察したようだった。が、そこで慌て気味になった。というのも、もしや、それは……。

ロラン夫人はなお笑顔を崩さなかった。あらあら、ペティオンさん。

「まさかパリ市長ともあろう方が、フイヤン派の弾圧が怖いとか」

「いや、そういうわけでは……。あっ、ああ、そうか、もう」

「そうなんですの、ペティオンさん。もうバイイ市長はおられませんもの。よもや戒厳令なんか発せられないでしょう。ラ・ファイエット将軍も今は彼方《かなた》の戦場です。仮にパリにおられても、もう国民衛兵を動かせるわけじゃありませんしね」

「なるほど、マダム、そうか、そうなんですな。我々に怖いものはないんでしたな」

ペティオンは、ぶつぶつ続けた。そうか、パリ市が動かなければいいんだ。暴徒の取り締まりも形ばかりに留《とど》めるというか。テュイルリ周辺の警備を、わざと弛《ゆる》くしておくというか。とにかく市長の私が手心を加えれば、人々は思い通りに運動できて……。大衆に圧力を加えられれば、さすがのルイ十六世も拒否権の再考を余儀なくされて……。

「蜂起《ほうき》を煽動《せんどう》しようというんですか」

そう確かめたとき、ヴェルニョーの声は高く裏返らないでおけなかった。そんな野蛮な……。いくらなんでも暴力にものをいわせるなんて……。

「ボルドーから出てきたばかりで、まだみたことなかったかい、ヴェルニョー坊ちゃん」

ダントンが再び前に出た。ああ、パリじゃあ、ちっとも珍しい話じゃねえのさ。へっ、そんな風にガチガチに身構えるほどの話じゃないんだって。

「いってみりゃあ、直接民主主義の一形態さ」

睨《にら》みつける鋭さで、いったん巨漢に向けた目を、ヴェルニョーはこちらに戻した。声に出すことなくして、なお非難の言葉を耳に届けるような顔つきだった。本当にやるんですか、こんな野蛮な男に頼んでまでと、それくらいは問いたかったに違いない。

——私だって、できれば頼りたくないわ。

ロラン夫人も無言で答えた。ええ、こんな手段に訴えたくはなかったわ。なかんずく、こんな男に頼りたくはなかったわ。

単に嫌いというだけではなかった。ヴェルニョーが抵抗感を示したように、明らかにブリソ派もしくはジロンド派の色ではなかった。それも雰囲気が違うとか、考え方が異なるとかいうより、もっと本質的な部分で異質なのだ。

——わかりあえない。

たとえ同じ言葉で話せても、最後までわかりあえるはずがない。その言葉で論じる政治が、まるで別な物だからだ。

なんとなれば、一方では文明のみが許したもうた奇蹟《きせき》、高度に理知的な営みを意味しているのに、他方では原始の本能を解放しようとする営み、むしろ文明の容赦ない破壊を意味している。無理だ、無理だ、この男と共闘するのは無理だ。

――けれど、もう他に切り札はないのよ。

具体的な段取りひとつ考えても、この方面の上手はブリソ派もしくはジロンド派のなかには、ひとりもみつけることができなかった。蜂起するということは、いうところのサン・キュロットを動員しなければならないからだ。

これら無教養の貧民に向けたからと、ジロンド派の高尚な言葉が容易に響くとは思えなかった。おぞましいほど下卑《げび》た言葉で、反対にやりこめられるのが関の山だ。今のパリで大衆を御《ぎょ》せるとするなら、人気を取り戻しつつあるロベスピエールでないならば、あとはダントンくらいのものなのだ。

惚《とぼ》けた風まで心がけて、ロラン夫人は続けた。

「いいえ、ダントンさんにしても、また『バスティーユ』を起こそうなんて、そんな大それたことを考えているわけじゃないんでしょう」

王家の要塞《ようさい》を落とすというわけではないと、持ち出したのは一種の極論だった。一七八九年の大事件に比べられれば、蜂起という語の衝撃的な印象も和らぐだろう、ジロンド派にも許容の範囲になるだろうと、そういう計算が働いていた。

同じ論法で話を進めて、またダントンも巧みだった。ああ、確かに、バスティーユまで陥落させる必要はねえな。

「譬《たと》えていうなら、今回は『ヴェルサイユ行進』くらいで十分なんじゃねえかな」

一七八九年十月五日の出来事は、いうまでもなくパリの女たちが起こしたものだった。いいかえれば、武器も持たず、暴力も振るわず、バスティーユの襲撃に比べれば遥《はる》かに穏便な運動だった。

「そうですわね。確かにヴェルサイユ行進が良いお手本になりますわね」

声にも出して、ロラン夫人は意を強くするばかりだった。今回は蜂起に訴えて、やはり間違いではない。あまりに野蛮と、正直いえば躊躇《ちゅうちょ》を覚えないではなかったけれど、これなら危ないことはない。

ダントンの表現は漠然と思い描いていた展望を、見事に形容したものでもあった。ええ、そうなのよ。ヴェルサイユ行進くらいなら、無法、乱暴、非常識と一方的に謗《そし》られる運動にはならないのよ。それでいて、効果は十分だわ。一七八九年だって、それで国王一家はヴェルサイユにいられなくなったんだもの。嫌々ながらも、パリに移ってこざるをえなくなったんだもの。あの不条理な楽園から、マリー・アントワネットを引きずり出すことができたんだもの。

実際のところ、パリでも理屈は同じであるはずだった。あの女を屈服させるに、武器など用いる必要はない。ちょっと騒いで、ちょっと脅しをかけてやれば、甘ったれた姫様育ちは、へなへな挫《くじ》けるしかなくなる。

我慢できない。とにかく、あなた、この者たちをなんとかしてちょうだい。王妃に金切り声を張り上げられたが最後で、ルイ十六世が折れるのも、もう時間の問題だ。

「ええ、ええ、ヴェルサイユ行進のときと同じで、陛下に直接お会いして、そのうえでお願いするだけなのです」

「パンがほしいというかわりに、拒否権を取り下げてほしいとお願いする。抗議集会というより、請願運動ということですね」

ヴェルニョーがまとめた。それなら妥協の範囲だと、今度は人心地つけられたような顔だった。が、これを鼻で笑うのがダントンなのだ。はん、そんなの、どっちだっていいじゃねえか。

「とにかく、俺に任せてくれるんだな」

ダントンは確かめてきたが、それをロラン夫人は無言で流した。決断するのは、自分の役目ではないからだ。責任を取るのは常に男と決まっているのだ。

「一任しよう」

と、ブリソが答えた。あとにペティオンが続いた。それでも君はパリ市の第二助役なんだからね。裏方として動く分には構わないが、表だって行動してもらっては困るよ。

「あくまでパリ市は取り締まりに乗り気でないだけだ。当局自らが蜂起を主導するわけじゃない」

「わかってますさあ、市長さん」

ダントンは動き出した。一流の嫌みなのか、ぽんぽんと励ますようにヴェルニョーの肩を叩《たた》いた。カチンときたかの表情のほうは無視しながら、そのままブリタニク館を後にしたが、なるほど六月二十日まで、あと僅《わず》かに二日だけだった。

なお戸惑いから抜け出せない、ブリソ派もしくはジロンド派の面々を含めて、もう無駄にできる時間など誰にも与えられてはいなかった。

26——呼び出し

遣いの小僧が訪ねてきたのは六月十九日の夕《ゆうべ》、まだ空が明るい七時頃だった。駄賃を握らせたのがダントンで、カフェ・プロコープに来られないかと伝言が託されていた。

正直、デムーランは気が進まなかった。すぎようとしていたのは、もう夏本番を思わせるような一日だった。あまりな暑さに滴《したた》り続けた汗を拭《ぬぐ》い、それは肌着まで替えてしまった後だった。これからカフェ・プロコープに向かい、また汗をかきたいとは思わない。

もちろん、汗をかくほど飲み、食い、騒がなければよいという理屈はある。独身時代のように、際限なく語らい続けるつもりもない。が、今この時世においてダントンの声がかりとなれば、熱く興奮することばかりは、どうでも避けられそうになかったのだ。

それでも、デムーランは出かけた。というか、それだから、アパルトマンに留《とど》まることなどできなかった。ダントンの話に自分も加わる、なにかの役に立てるとは思わないものの、その様子も覗《のぞ》かずに済ませるというのは、やはり難しい話なのだ。

——フランスは一体どうなってしまうんだ。

新聞屋を名乗るかぎりは情報通を任じてきたが、そうしたデムーランにも今や理解不能の展開だった。なにせフイヤン派の天下が続くのかと思いきや、ジロンド派から閣僚が選ばれて、まさかの戦争が始まってしまったのだ。

——ある意味では新聞の責任だ。

大衆は誤りであっても突き進む。きちんと教化してやらないと、愚行を修正することもできない。きちんと論を問わなかった新聞が悪いのだと、デムーランとしては自責の念を覚えないではなかった。

というのも、戦争は負け続きになっている。

——いわんことじゃない。

敗戦は「オーストリア委員会」のせいだとも風説が飛びかった。いくつかの法案が可決されて、王家から行動の自由を奪うような措置も取られようとした。

これに不服を覚えたか、いや、いくらなんでも幼稚な話であれば、他の裏技的な政治手法が隠されているのかもしれないが、とにかくルイ十六世は拒否権を発動した。掌《てのひら》を返したような再度の内閣改造で、ジロンド派の大臣たちを綺麗《きれい》に罷免《ひめん》してもいた。

——だから、どうなる。

ジロンド派は、どう出る。ルイ十六世は、どう受ける。つまるところ、フランスはどうなる。

生半可な予測を立てても仕方がない、現実は常に予想を裏切るとは思いながら、新聞屋稼業のデムーランとしては、やはり考えないではいられなかった。ダントンが打開の腹案を隠しているかもしれないと呟《つぶや》けば、気持ちとて昂《たかぶ》らないわけがない。

薄暗がりの坂道を下るだけなのに、サン・ジェルマン大通りに行き当たる頃には、もう肌着の背中が汗ばんでいた。暗がりに進めば、いくらかは涼しくなるかもしれないと期待したが、さらに小路に折れた先は硝子窓《ガラスまど》から洩《も》れる灯《ともしび》で、かえって明るいほどだった。

――みるからに熱気むんむんだ。

事実、カフェ・プロコープの扉を開ければ、がやがやした騒ぎと一緒に不快なくらいの人いきれが溢《あふ》れてきた。

食糧問題の最中《さなか》であれば、飲み食いの勢いはそれほどではない。酒杯も、酒肴《しゅこう》も揃《そろ》わないくらいだったが、いるだろうと道々思い浮かべた顔ぶれは欠けることなく並んでいた。

麦酒《ビエール》醸造会社の社長サンテール。肉屋のルジャンドル。カリブ海の植民地サン・ドマング島帰りであるために、「アメリカ人」と綽名《あだな》のあるクロード・フルニエ。国民衛兵隊の砲兵隊長ながら、たびたび命じられる鎮圧命令に辟易《へきえき》して、ついに反抗するほうに転向したシャルル・アレクシス・アレクサンドル。貴族の出自ながら熱烈な共和主義者という、サン・テュリユージュ元侯爵。

その多くがバスティーユの闘士であり、「シャン・ドゥ・マルスの虐殺」を凌《しの》いだ猛者《もさ》であり、我らがダントンの与党でもあるところの、つまりはコルドリエ・クラブの懲《こ》りない面々というわけだった。

──いや、それだけでもないか。

物珍しさのゆえか、デムーランが戸口で覗いて、一番に目を惹《ひ》かれたのは、実は女たちの喧《やかま》しさだった。

客引き目あての女たちなら、ある意味で馴染《なじみ》といえなくもなかった。けばけばしい見た目も大差あるではなかったが、その夜に居合わせた女たちは、それでも別だと断言できた。

なかでも一際《ひときわ》目を惹いたのが、身体《からだ》にぴったりした真紅の乗馬服だった。ほっそりした括《くび》れの線の美しさと、裏腹に豊かに実る腰回りの肉感を、いやがうえにも強調するかの麗人だ。

あるいは麗人というのは持ち上げすぎで、冷静に眺めるならば、ちょっと可愛《かわい》げがある程度の美貌《びぼう》に留まるのかもしれない。溌剌《はつらつ》たる目に魅力あり、爽《さわ》やかな弁舌に凜々《りり》しさあり、加えるに、やはりというか見事なばかりの肢体の伸びやかさが圧倒的な印象を醸すので、ついつい麗人と形容したくなってしまう。

少なくとも、やけに記憶に残る容貌ではある。このカフェ・プロコープで同席した記憶はないながら、それは一面識もない相手というわけではなかった。

――テロワーニュ・ドゥ・メリクール、か。

パリでは知られた革命家のひとりで、かねてコルドリエ・クラブには、ちょくちょく顔を出していた。いや、ひところはコルドリエ・クラブのみならず、いくらか敷居が高いジャコバン・クラブのほうでも取り立てられ、その集会場で演説を許されたことで、話題を呼んだこともあった。

大雑把《おおざっぱ》に〝革命家〟というより、女性にも諸々《もろもろ》の権利をよこせと訴える〝活動家〟といったほうが、わかりやすくなるかもしれない。

最近のテロワーニュ・ドゥ・メリクールは、サン・タントワーヌ街に場所を借りて、なにやら進歩女性の勉強会など開いているようだった。

カフェ・プロコープでも取り巻き然と席を占める数人の女たちは、その勉強会の会員なのだと思われた。ああ、それとしてみれば、他にも覚えた顔がある。

家が大手のショコラ製造会社という、はねっかえり娘ポリーヌ・レオン。オランダからパリに移ってきたエッタ・パルム。そういった面々も同じような運動で、最近売り出し中の女たちだ。

カフェ・プロコープに席を占めて、もちろん悪いという話ではない。が、デムーランは抵抗感を禁じえなかった。その女たちのせいで、場の空気がいつものそれから、微妙に違ってしまったようでもあった。

テロワーニュ・ドゥ・メリクールなど古株の類《たぐい》であり、あるいは一年前であれば自然に馴染んでいたのかもしれなかったが、それも今となっては歴然と違和感があった。

——というのも、ブリソのところに出入りしていたはず……。

ブリソもコルドリエ街の住民であれば、様子は見聞きしていないではなかった。どういうわけだか知らないが、女性活動家にはジロンド派を頼みにする嫌いがあった。

コルドリエ・クラブは無論のこと、ジャコバン・クラブなどと比べても、より洗練された紳士ばかりが集う感は確かにあり、その教養と礼節をわきまえた言動、あるいはサロン的な優雅な雰囲気などが、もしや女たちには心地よいのかもしれなかった。

その同じ雰囲気が流れこんで、カフェ・プロコープの空気を軟弱にしていた。いつもの猥雑《わいざつ》な印象が後退して、どこかお行儀よろしいかの印象があるのだ。

それが好きか嫌いかは、所詮《しょせん》は個人の嗜好《しこう》の問題なのだと片づけて、なおデムーランはひっかかりを覚えずにはいられなかった。

——これはジロンド派の集まりなのか。

だとすれば、自分の拒絶反応は当然の話だと思う。もうジャコバン・クラブの仲間だなどとは認められないからだ。わかりあえると甘えた期待は、今や理想家肌のロベスピエールだって抱《いだ》いていやしないのだ。

ジロンド派の集会も考えられない話ではなかった。フランスは、どうなる。ダントンに打開の腹案があるのか。そう議論を進めるより先に、現下まず第一に注目するべき展開こそ、ルイ十六世の大臣更迭《こうてつ》と拒否権発動を受けた、ジロンド派の出方だったからである。

ジロンド派が自ら顔を出していたわけではなかった。ペティオンは無論のこと、すぐ近所に住所があるブリソさえ認められない。

ヴェルニョー、ジャンソネ、デュコというような、ジロンド県から上京してきた新参連中の姿もなく、それこそ男たちは誰ひとりとして足を運んでいなかった。それでもジロンド派の女たちは、主役顔して集うのだ。

ちぐはぐなところが、かえって不穏な内実を覆い隠している気がしてならない。不穏といえば、そもそものダントンからして、実は不穏の誹《そし》りを免れえなかった。

なにを考えているのか、最近わからなくなった。羽振り良く、人脈広く、影響力大きくと、政治家として急成長している横顔ばかりは、しばしばみせつけられるものの、その胸奥に秘められた思いとなると、親友を任じるデムーランにして、容易に推し量れなくなったのだ。

——なかんずく、ジロンド派などと懇意にして……。

ほんとに、ダントン、あなた、なにがしたいっていうの。集う女のひとりを捕まえ、おっぱいを触ろうと手を伸ばし、それをピシャリと打《ぶ》たれたところで気がついて、巨漢は声をかけてきた。

「おお、カミーユ、やっと来たか。こっちだ、こっちだ」

ダントンの声が響くや、カフェ・プロコープの注目が自分に集まったのが知れた。

一七八九年七月の英雄、パリを蜂起《ほうき》に立ち上がらせたカミーユ・デムーランの名前ばかりは、もう三年になる今も落ちぶれてはいなかった。わけても、なにか密《ひそ》かに企てようとしている連中の耳には、美々しいばかりに響いて聞こえるようだった。

——それでも、もう僕は……。

やはり気が進まないな。呼び出しに応じたことを後悔しながら、それでもデムーランは奥の大卓に歩を進めないではいられなかった。

27――相談

「やあ、カミーユ、遅いじゃないか」

「なんだよ、カミーユ、最近つきあい悪いんじゃないか」

「とにかく、カミーユ、こっちに座れや」

そう親しげに迎えられて、やはり仲間であることは否定できなかった。酒杯を片手に茶色の唾《つば》を飛ばし飛ばし、さかんにがなりあう様子を目の当《まあ》たりにするほどに、これがコルドリエ・クラブだと、気の置けない仲間たちで間違いないと、思いも深まるばかりになる。

「だから、サンテールさんよお、ポプラの苗木は本当に足りるんだろうなあ。きちんと調達できたんだろうなあ」

「そこは心配しなくていい。植木屋には念を押してある。午前十時までには馬車に積んで、バスティーユ広場に届けてくれるそうだ。だから、ルジャンドル、君のほうこそ遅刻は厳禁だぞ。きちんと苗木を受け取ってもらわないと……」

「ポプラの苗木って、全体なんの話をしてるんだい」

そこは仲間の気安さで、デムーランは頓着《とんちゃく》せずに確かめた。

「テュイルリに『自由の樹』を植えてやるのさ」

「という口実を設けながら、なにか仕掛けるわけですか、サンテールさん」

「無論、そうだ。植樹という行為そのものからして、象徴的な意味を持つ。フランス政界の中枢ともいえる場所に、我々の譲れない心情をしっかり据え置こうというわけさ」

「なるほど、つまりは圧力を加えるわけですね」

やりとりしながら、デムーランは自明の前提を確かめることさえしなかった。

また蜂起《ほうき》を企てているらしい。抗議なのか、陳情なのか、請願なのか、その具体的な趣旨までは知れなかったが、大衆を煽動《せんどう》して、集会を組織してと、まさしくダントンの十八番《おはこ》だ。

現下のパリの状態をみるにつけても、蜂起は造作もないはずだった。

政治の焦点を知るも知らないもなく、内閣人事の是非を問うも問わないもなく、土台が苛々《いらいら》しているからだ。小麦がない、パンが高いと、食糧問題に不満を募らせている折りであれば、ほんの些細《ささい》なきっかけを、いや、きっかけらしきものでも与えられれば、もう蜂起に立ち上がるに違いないのだ。

「ああ、そうなんだよ、カミーユ。圧力を加えて、ルイ十六世に拒否権の発動を取り消させてやるのさ」

ダントンが自身で受けた。隠そうという素ぶりもなく、あっさり中身も明かしていた。

ああ、それから愛国派大臣の復職も要求する。とにかく圧力をかけ続けて、ひとつでも、ふたつでも呑《の》ませてやる。要するに、王を打ち負かしてやるのさ。

「それで、だ、カミーユ。集合は午前十時で、場所はバスティーユ広場と火薬工場、それぞれに出発して、ぐるぐるパリを行進してから、テュイルリで合流するって寸法さ」

「なるほどね。それで決行は、いつなんだい」

「明日だ」

「明日だって。それって、いつ決めたんだい」

「昨日だ」

「ずいぶん急な話なんだな」

「確かに急だが、のんびり構えちゃいられねえ。六月二十日は明日しかねえわけだからな」

「ヴァレンヌ事件が刻まれた、忌まわしい日付というわけか」

と、デムーランは受けた。やはりというか、いかにもダントンが思いつきそうな話だった。でなくとも、王家に詰め寄るつもりなら、またとない好機といえる。ただ日付を掲げるだけで、人々の動員も容易になる。

実際、ダントンは続けた。まあ、そういうわけで、人集めのほうは、なんとかなりそうなんだ。やっぱり急な話だから、いくらかは不安もないじゃないんだが、うん、まあ、なんとかなるんじゃねえかなあ。

「いや、フォーブール・サン・タントワーヌ街は確実に起《た》つよ」

「フォーブール・サン・マルセル街だって、やる気まんまんでした」

「おれっちはギルド仲間に声をかけたぜ。ああ、明日にゃあ、パリ中の肉屋って肉屋が、肉切り包丁かざして、通りに繰り出すに違《ちげ》えねえ。もっとも、アンシャン・レジーム的だってんで、正式にはギルドも解散させられちまってるんだがよ」

サンテール、アレクシス・アレクサンドル、ルジャンドルと続けられれば、その勢いにあてられて、デムーランは苦笑に逃げずにいられなかった。やはり動員は問題あるまい。まずまずどころか、過去最大級の運動にもなるだろう。ああ、企て自体に心配などあるはずがない。

解《げ》せないことがあるとすれば、なおダントンの表情に曇りが残ることだった。

「だから、カミーユ、おまえにも参加してほしい」

そう来られるだろうことも、デムーランは予想していた。というより、誘われないはずがないと、ほとんど疑ってもいなかった。同じ呼吸は親友のほうでも共有しているはずであり、だからこそ惚《とぼ》け加減に確かめてやった。

「僕が、かい」

そのこと自体でデムーランは、後ろ向きな内心を伝えたつもりだった。ダントンも察した様子で、なお茶化し加減ながら、その動じた例《ためし》もないような相貌《そうぼう》に、微妙な焦りが覗《のぞ》きみえた。

「おいおい、パリの蜂起あるところ、カミーユ・デムーランありだろう」

おまえがいないじゃ、なにも始まらないだろう。そう水を向けられても、デムーランは答えなかった。沈黙こそ空気を緊張させるばかりであり、ダントンは真顔になった。いよいよもって、これは珍しいことだ。

「カミーユ、おまえみたいな指導者が、今回は是が非でも必要なんだ」

そうやって、ダントンは説得に手をつけた。もちろん、サンテールさんがいる。ルジャンドルもいる。アレクシス・アレクサンドルもいれば、サン・テュリュージュの殿さまだっている。指導者に不足ありというわけじゃねえが、これで盤石《ばんじやく》の構えだと、すっかり安心できるわけでもねえ。

「てえのも、ロベスピエール先生から、マラ先生から、今回は御出馬いただけなくってな。二人とも偏屈顔で、どうも最近つれなくってな」

「ダントン、それは仕方ないよ」

「おいおい、カミーユ、おまえまでが冷たいじゃねえか」

「だって、ジロンド派のためには戦えないよ」

ズバッと切りこみ、デムーランはあえて言葉を濁さなかった。

背中のほうでは、お喋《しゃべ》りの女性活動家たちが、刹那《せつな》に口を噤《つぐ》んでしまった。頼みと目する徒党であり、あるいは自らジロンド派を代表してきているくらいの気分があるからだろう。それのために戦えないといわれては、容易に聞き流せないのだろう。

――といって、女たちの機嫌をとっても仕方がない。

遠慮する謂《いわ》れはないと、デムーランは動じなかった。ああ、僕に恥じるところはない。間違ったこともいっていない。

それが証拠に口調を後退させたのは、あちらのダントンのほうだった。

「まってくれ、おい、カミーユ、まってくれよ。これは王をやっつけようって話だぜ」

「無論、僕にだってルイ十六世を弁護するつもりはない。それこそ王政を倒せ、共和政を打ち立てろって話なら、率先して乗るかもしれない。けれど、今回の運動にかぎっていえば、明らかにジロンド派のため……」

「大臣の復職要求にかぎっていえば、確かにジロンド派のためだ。しかし、拒否権を取り消せって話のほうは、なにもジロンド派だけのためじゃないぜ」

「じゃあ、誰のためだい」

「フランス国民のために決まってるじゃねえか。ルイ十六世に拒否権を取り消させる。王家を屈服させる。それができれば、人心を落ち着かせることができるんだ。向こうの戦場じゃあ、兵士の士気も上がるんだ」

「それで喜ぶのは主戦論者だろう。やっぱりジロンド派じゃないか。土台が、戦争が国民のためになるだなんて、そう短絡的に決めつけられた話じゃないだろう」

「なんだよ。主戦反戦の議論なんか、今さら蒸し返しても……」

「始まらないとしよう。ああ、もう戦争は始まってしまっているし、いったん認めることにしよう。それにしても、だよ、ダントン。実際、それは違うんじゃないかなあ」

「なにが、だ」

「敗戦の原因は『オーストリア委員会』にありだなんて、ジロンド派の言い訳にすぎないんじゃないか。ここで王家を叩《たた》いたところで、戦況が好転するわけじゃないだろう」

「………」

「王の拒否権発動だって、今回にかぎっていえば支持できないわけじゃない。ああ、そこはマクシミリヤンが発言している通りさ」

ロベスピエールは六月八日の法案に反対していた。議会で審議されている段階から、ジャコバン・クラブの論壇上で繰り返し反対意見を表明していた。

王の拒否権が発動されても、その主張は変わらなかった。再びクラブで孤立しても、ダントンやマヌエルを向こうに回して、激しい議論を戦わせる羽目になろうと、例のごとくに一歩も後退しなかった。

「ええ、パリ郊外に二万の連盟兵を置くなど、無用であり、のみか危険でさえあります。第一に無用というのは、それが専制主義の体現者でないならば、パリには国内に恐れるべき敵などないからです。この強力な都市は、自身も、王も、議会も、独力で守ることができます。ええ、この都では人々を束縛することなく、かつまた愛国者を抑圧することがなければ、それで十分なのです。第二に危険というのは、平等の敵たる者の意図は、まず首都を制し、続いて諸県を制することで、その恐るべきシステムを優越ならしめることにあるからです。すなわち、本計画はパリの国民衛兵隊を標的にして、議会と王という二つの聖所において果たしている役割を剝奪《はくだつ》しようとする企てに他ならないのです」

デムーランは続けた。そこでマクシムは遠慮したけど、僕は先まではっきりといわせてもらうよ。ああ、対立の軸はパリと地方だけじゃないと思う。

「ジロンド派が集めるというのは二万の連盟兵だ。ということは、二万のブルジョワさ。ブルジョワが悪いというつもりはない。けれど、どうして二万のサン・キュロットじゃ駄目なんだい。王家に圧力を加えたいなら、はじめからパリの民衆に頼めばいいんじゃないか。実際、どうにも進退きわまれば、こうして頼ろうとするんだからね」

「…………」

「これは僕の漠然とした印象なんだが、身なりも洒落《しゃれ》たジロンド派には、サン・キュロットなんてと、どこか民衆を馬鹿にしている節があるよ」

「そんなこたあ……」

「ないかなあ。本当に、ないかなあ。だって、正式な法律にして集めるのは、ブルジョワの連盟兵なんだよ。かたわら、蜂起みたいな非合法の汚れ仕事は、民衆に押しつけようというんだ。せめて自分たちも一緒にやるというのでもない。それどころか、自分たちの手は汚したくないという態度が、みえみえじゃないか。それが証拠に、来てないだろう、ジロンド派の面々は。送り出したのは、せいぜい女性活動家だけだろう」

そう鋭く指摘してから、デムーランは先刻から聞き耳を立てている女たちに、正面きって突きつけた。ああ、おまえたちも活躍の場が与えられた、私たちは認められたなんて、馬鹿な喜び方をしている場合じゃないぞ。

「どうせ女だからなんて、おまえたちだって、ジロンド派に馬鹿にされているんだぞ」

28――すまない

女たちは小声でブツブツやっていた。

デムーランも一度で納得してくれると考えたわけではなかった。さらに怒鳴りつけようとも思わないが、その話の輪のなかでは自分こそ身も蓋《ふた》もない言い回しで扱き下《こお》ろされているのだと思えば、やはり釈然としない気分はある。

ダントンはといえば、大きな溜《た》め息《いき》を吐《つ》いていた。表情が憮然《ぶぜん》となったようでもあり、となれば、これだけの巨漢で、しかもフランス式ボクシングの達人である。調子に乗りすぎたか、もしや殴られるかと、デムーランは思わず首を竦《すく》めた。しかし、だ。

「さすがだな、カミーユ」

「えっ」

「だから、おまえ、あいかわらず鋭いな」

と、ダントンはまとめた。憮然としていたのでなく、よくよくみれば浮かんでいたのは、敗北を認めたような、なんとも淋《さび》しげな笑みだった。ああ、俺だって、わかってら。はん、なにが偉いんだか、妙に御高《おたか》くとまりやがって、ジロンド派の連中ときたら、けっ、確かにサン・キュロットを馬鹿にしてる。

「それをいうなら、俺のことだって馬鹿にしている。そのくせ、都合よく利用しようとしやがる」

そうまで吐露してから、ダントンは大きな掌《てのひら》を押し出した。なにをするのかと思ううち、こちらの肩をがっちりと捕えてしまった。ああ、しかし、だ。しかし、民衆だって馬鹿じゃねえぞ。そのへん、敏感に察しちまう。そのへん、運動の弱さになる。だから、心配しないじゃいられないんだ。サンテール、ルジャンドル、アレクシス・アレクサンドル、サン・テュリュージュと揃《そろ》えて、さらに人を求めないじゃいられないんだ。

「なかんずく、カミーユ、おまえだ。おまえにならサン・キュロットはついていく。どこまでだって、ついていく。途中で引き返したりしねえ。おまえのように大衆の心をつかんで離さない男は、やっぱり欠かすことができないんだ」

「そんなこといわれたって……。だいいち、どうして、そこまでしなくちゃならないんだ。僕だって馬鹿にされたくない。ジロンド派の道具になんかされたくない。だから、この僕は、あいつらを助けてやりたくなんかないんだ。ダントン、君にしたって、こんな風に侮られてまで、連中に手を貸してやる謂《いわ》れなどないはずだ。いくらパリ市の第二助役に任じてもらったからって……」

「そんなものは関係ねえ」

「だったら、なにもしないで、いいってのかい」

ひとつ大きく吠《ほ》えてから、ダントンは元の静かな調子に戻した。ジロンド派に寄りすぎだなんて、俺を誹《そし》る向きがあることは知っている。変節漢だとか、裏切り者だとか、陰口たたかれてることも承知のうえだ。しかし、俺にいわせりゃあ、なにひとつ曲げていやしねえ。

「俺が狙《ねら》っているのは、今も昔もフイヤン派の息の根を止めることだけだ」

「………」

「正しい、正しくないなんて、俺にとっちゃあ、二の次だ。そんなことより気になるのは、フイヤン派がしぶといってことのほうだ」

ダントンは言葉を重ねた。ああ、フイヤン派の奴《やっ》ばらめ、また王にとりいって、また内閣を牛耳《ぎゅうじ》りやがった。このまま戦況が悪化していけば、あいつら、反戦論者だったんだから、いわんこっちゃないなんて勢いを盛り返す。議会だって、連中の独壇場になるに違いねえ。そうこうするうち、お調子者のラ・ファイエットまで帰ってくる。またぞろ「シャン・ドゥ・マルス」ってなわけで、俺たちの頭を無理矢理にも押さえつける。

「カミーユ、それでいいのか」

質《ただ》されれば、デムーランも今度は答えられなかった。「シャン・ドゥ・マルスの虐殺」は忘れがたい事件だからだ。ちらと思い出したが最後で、一気に燃え上がる怒りの炎は、あの日から勢いを増すことはあれ、今もって鎮まろうとする気配もないのだ。

それこそ全ての始まりだった気さえする。「シャン・ドゥ・マルスの虐殺」など、もう二度と御免だと思えばこそ、今も国民衛兵が信じられない。王が暴挙を容認するなら、王政を廃して、一気に共和政を立ててしまえと、思いも高じる。つまるところが、フイヤン派を倒さないかぎり、あの日から一歩も前には進めないのだ。

「だから、ここで倒しちまわねえと」

と、ダントンは続けた。ああ、フイヤン派を倒すんだ。手段を問うている場合じゃねえ。組むべき相手を選んでいる暇もねえ。ジロンド派なんかに、ひっかかってる余裕もねえ。とにかく、ここで倒せなかったら、もう俺たちに明日はねえ。

「そのかわり、フイヤン派さえ倒せたら、そこに道が拓《ひら》けるだろう。マルク銀貨法だって、廃止にできるぜ。能動《アクティフ》市民と受動《パッシフ》市民の区別だって撤廃できるぜ。国王裁判だって、夢じゃなくなるんだ。ルイ十六世にヴァレンヌ事件の落とし前を、きっちりつけさせてやれるんだ」

サンテールが言葉を足した。ああ、デムーラン君、ダントン君は嘘《うそ》をいってるわけじゃないぞ。本当にフイヤン派の打倒を考えているんだぞ。

「それが証拠に、『自由の樹』だって、フイヤン僧院の庭に植えてやろうっていうんだ」

フイヤン僧院は確かにテュイルリのすぐ近くにあった。議会を出て、すぐ左手のところ、調馬場《マネージュ》に面してあるのが、かねてからのフイヤン派の根城なのだ。

「なるほど」

そうやってデムーランが頷《うなず》くと、ダントンはつかんだままの肩を揺らしてきた。おお、そうか。わかってくれたか、カミーユ。ようやく、わかってくれたか。

「ということは、おまえも参加してくれるんだな」

「そ、そうはいってない」

「わかってくれたんじゃないのか」

「話としては理解できたが、しかし、だよ。指導者が欲しい、大衆の心をつかんで離さない男が必要なんだといって、誰より先にダントン、君がいるじゃないか」

そう返すと、ダントンは離した手を虚空に広げて、肩を竦めてみせた。俺さまは表だっては動けない。裏方はできるが、当日は動けない。

「だから、これでパリ市の第二助役なんだ」

さらにダントンが加えたところ、官僚にはフイヤン派が多いからなと。選挙で選ばれた市長であり、市長が任じた助役であっても、連中に突き上げられては楽じゃないからなど。

それとして、納得するしかない話ではあった。が、デムーランとしては、どこか釈然としなかった。察したか察しないか、ダントンは続けた。

「そのかわりといっちゃなんだが、今回の運動に関しちゃあ、パリ市は取り締まりに前向きじゃない。まあ、形ばかりのことはするかもしれねえが、前のバイイ市長みたいにラ・ファイエットを呼びこんで、国民衛兵をけしかけるような真似《まね》はしない」

それまた信じられる話だろう、ともデムーランは容《い》れた。なにせ今のパリ市長はジェローム・ペティオンなのだ。ジロンド派の領袖《りょうしゅう》のひとりなのだ。

「そもそも運動の名目というのが、球戯場《ジュ・ドゥ・ポーム》の誓いの三周年なんです。六月二十日は、その記念日でもあるわけですから」

「フイヤン僧院の『自由の樹』も、その祝いの植樹というわけです」

アレクシス・アレクサンドルとサン・テュリュージュ元侯爵も言葉を足した。あげくにダントンに結ばれれば、それとして疑う余地など皆無になる。

「ああ、身の安全は保障するぜ」

請け合われるほど、デムーランはかえって複雑な思いを強くした。悪気はないのだろうが、臆病者《おくびょうもの》と思われているようで、それまた癪《しゃく》に感じられた。

とはいえ、それが面白くないからと臍《へそ》を曲げて、運動への参加を拒み続けるというのも、また格好悪い話だった。ああ、それなら、やってやろうじゃないかと、快諾してみせたい衝動もないではないのだ。

「しかし……」

デムーランは口を噤《つぐ》んだ。その間もダントンは畳みかけた。なあ、頼むぜ、カミーユ。のるかそるかの大勝負なんだ。おまえが参加してくれたら、もう勝てると決まったようなものなんだ。鼻もちならないジロンド派は、また別に片をつけるとして、とりあえずは、なあ、フイヤン派を追い落とそうじゃ……。

「リュシルが臨月なんだ」

デムーランの本音が弾《はじ》けた。おなかが凄《すご》く大きくなって。ただ部屋を横切るにも、もう難儀してしまうくらいで。なにより産婆《さんば》の話では、いつ生まれてもおかしくなくて。

「今夜にも産気づかないとはかぎらないんだ」

「…………」

わかった、とダントンは引きとった。ぐっと息を詰めて、なにやら大きな塊《かたまり》を無理に呑《の》みこむようにしてから、ぐわと破顔してみせた。ああ、わかった。それなら、わかった。いや、本当だ。俺も男だ。女房もいれば、子供も二人いる。下は生まれたばっかりでもある。ああ、そうはみえねえかもしれないが、これで俺も父親なんだ。

「だから、カミーユ、そういうことなら、ああ、わかった」

ダントンは駆け出した。突進したのが、カフェ・プロコープの厨房《ちゅうぼう》だった。おい、親爺《おやじ》。よっぱらいの親爺はいるか。金なら、ある。アッシニャじゃない奴があるから、しゃきっと目を覚ましてよ、なにか美味《うま》いもん、ちょこちょこっと拵《こしら》えてくれねえか。

「ああ、カミーユに持たせるやつだ。リュシルに食わせるやつだ」

こうなると、デムーランも気が咎《とが》めないではなかった。心からは納得できない話だ。リュシルの身を案じることも嘘ではない。それでもダントンは無二の親友なのだ。

「いいから、カミーユ、いいから、さっさと帰んなよ」

「すまない」

ダントン、すまない。本当に、すまない。半べそながらに最後は謝らずにおけなくなった、それが六月のデムーランだった。

29――六月二十日

どんどん大きくなるのは『サ・イラ』の歌声だった。

なんとかなる、なんとかなると繰り返して、ラドレとかいう歌手が流行《はや》らせた一曲は、革命が勃発《ぼっぱつ》してから、折りに触れて歌われてきたものである。

「サ・イラ、サ・イラ」

「ああ、サ・イラ、サ・イラ、サ・イラ。貴族どもは街灯さ。ああ、サ・イラ、サ・イラ、サ・イラ。貴族どもは吊《つ》るしてやるんだ。自由は、しっかと根を下ろす。暴君なんか関係ねえ。全部うまくいくはずさ」

その歌声は宮殿の上階に達してなお、ビリッ、ビリッと窓の硝子板《ガラスいた》を微動させる余力があった。今まさに動き出した空気には、それだけの厚みがあるということだ。

テュイルリの庭園に群集が乗りこんでいた。砂地も芝生も関係なしに蹂躙《じゅうりん》し、今や午後の逆光に入りながら、その白や緑を黒一色に塗り潰《つぶ》しているのだ。一万人とも、二万人ともいわれながら、さらに新たに加わろうという人間がパリ中から押し寄せて、途絶える様子がないほどなのだ。

「で、来たか」

ルイは小さく呟《つぶや》いた。来たか。来たか。ええと、午後三時三十四分で、やはり、来たか。

「まあ、六月二十日だからな」

その水曜日には何かが起こる。少なくとも常の日並みにパリが静かであるはずがないと、覚悟のルイは僅《わず》かの夢想も抱《いだ》いていなかった。

いうまでもなく、六月二十日は特別だからだ。球戯場《ジユ・ドウ・ポーム》の誓いの記念日であると同時に、ヴァレンヌ事件の日付でもあるからだ。民衆が黙っているはずがない。それを焚《た》きつける者がないわけがない。

「それにしても『サ・イラ』とは、なんとも代わり映えしないことだな」

全国連盟祭のときも、『サ・イラ』だった。シャン・ドゥ・マルスに集まったときも、『サ・イラ』だったと聞く。スタッカートの曲調が行進に合わせやすいのだろうが、それにしてもマンネリだよ。もう誰の耳にも恐ろしくなんか響かないよ。そう冷静に聞きながら、ルイには全て予想の範囲内だった。

——瞠目《どうもく》するはずがない。

自ら先手を打ちながら、この日に事件が起こるよう、こちらから誘導したという気分さえルイにはあった。ああ、何かが起こるとすれば、それほど多くの日付は覚えられない大衆のことだ。六月二十日か、あとはバスティーユ陥落の記念日で、毎年全国連盟祭が祝われる七月十四日くらいのものと、自《おの》ずから決まってくる。

的中したのが早いほうの日付であっても、心構えは怠りなかった。事実、ルイは前夜からパリ各区に多くの斥候《せっこう》を放っていた。あらゆる事態を想定しながら、異変を逐一《ちくいち》報告させてもいた。

——いざとなっても面喰《めんく》らわない。

それがルイの深謀遠慮だった。ああ、私という男は慌ててしまうと、普段の力の半分も出せなくなってしまうからね。反対に早め早めに事の推移を把握できれば、熟慮のうえで最善の判断を下すことができる。まさに最善で、私が捻《ひね》り出す結論はといえば、ほとんど間違えた例《ためし》がない。ああ、パリの女たちがヴェルサイユに行進してきたときだって、前もって承知していれば、あんな風に勢いに呑《の》まれたりはしなかったのだ。

自ら弱点の克服に努めながら、その日のルイは実際ほとんど完璧《かんぺき》だった。

——で、蜂起《ほうき》に訴えることにしたか。

民衆の出方を把握したのは、早朝六時の話だった。報告を寄せたのはサン・タントワーヌ街から郊外までを担当していた斥候で、もう五時には界隈《かいわい》の住民が、ぱらぱらバスティーユ広場に集まり始めたようだった。

五時半には千人ほどに膨れ上がり、これは偶然でも勘違いでもないと、急ぎテュイルリ宮に持ち帰られたのが、六時の報告だった。

――正確には六時三分。

パリ中で鳴らされる教会の鐘の音に重なりながら、ぼんやりとだが声も聞こえた。まだ早いにもかかわらず、人々は牛乳売りの声が響き出したのを幸いに、自分たちも張り上げ始めたようだった。

もちろん、テュイルリにいながらにしては、いちいちの言葉は理解できなかった。斥候の報告とあわせることで、ようやく間違いないと確信できた。

「王は拒否権を撤回しろ」

「愛国的な大臣たちを復職させろ」

それが民衆の声だった。

拒否権というのは、宣誓拒否僧の追放を許す五月二十七日の法案と、パリ近郊に連盟兵二万の陣営を築くという六月八日の法案について、断固ルイが曲げようとしない決定のことである。

愛国的な大臣たちというのは、財務大臣クラヴィエール、陸軍大臣セルヴァン、なかんずく内務大臣ロランのことだろう。

――やはりか、ジロンド派め。

そう心に名前を出せば、さすがのルイも舌打ちくらいはしそうになった。反撃を試みるのがジロンド派であることも、また自明の図式だった。が、なにぶんにも、その出方がわからなかった。フイヤン派のように談判に及ぶのかと考えたこともあったが、そこはジャコバン・クラブの一派らしく、民衆に圧力をかけさせるという十八番《おはこ》を用いるようだった。

つまりは群集の煽動《せんどう》であるが、それまた一語で括《くく》れる話ではなかった。規模に大小あれば、その性格も様々である。実戦まで勘定に入れながら、参加者ことごとくに銃器を携行させる武装蜂起から、得物《えもの》も威嚇《いかく》の道具にすぎないデモ行進、それこそ民主主義の武器であるとして、熱心に署名を集める抗議集会、そんなもの面倒くさいと声を合わせる陳情大会、あげくが単なる祭り騒ぎに至るまで幅があり、しかも一度の蜂起が複数の顔を持つ場合も珍しくないと来る。

——今回は、どこまでやる気だ。

斥候の報告にはサンテール、ルジャンドル、フルニエ、アレクシス・アレクサンドル、サン・テュリュージュ等々、指導者と目される名前も何人か挙がっていた。

事前に調査していた一覧に照らせば、いずれもコルドリエ・クラブに属して、普段から共和政の主張さえ公言している、つまりは危険人物である。かのバスティーユの「闘士」も少なくない。

——とすると、かなり危険な類《たぐい》の蜂起か。

ルイも最初は戦慄《せんりつ》を禁じえなかった。実際のところ、バスティーユ広場の群集も、多くが武装しているようだった。が、再び斥候を送り出し、さらに詳細を探らせれば、その印象も微妙に違うものになった。

銃だの、短銃だの、いわば本格的な武器を携行する輩《やから》も確かにいないわけではない。が、多くが軍刀だの、槍《やり》だのを担ぐに留《とど》まっていた。

いや、それらしく武器を構えられれば上出来の部類で、角材だの、金槌《かなづち》だの、釘抜《くぎぬ》きだので満足している輩が大半だった。靴職人は革きり包丁を構え、石畳職人は金梃《かなてこ》を振り回し、つまりは仕事場から直行という雰囲気さえ散見された。

——武装蜂起ではない。

少なくとも、どこかの施設の襲撃が用意周到に計画されているわけではない。大方がデモ行進で、そのまま抗議集会に移行し、さらに陳情大会へと発展させるくらいの腹だろうと、ルイは見当をつけていた。

見通しを裏づけると思われたのが、女たちの存在だった。バスティーユ広場には男たちのみならず、所帯じみた御上《おかみ》さん連中から、毒々しいほど派手な夜の女たちまで、多くが繰り出していた。

女性活動家メリクールに率いられた一群なのだとの報告もありながら、それも午前八時をすぎて、だんだん陽が高くなる頃には、一張羅を着た奥様、御嬢様風も繰り出してきたと、また新たな報告が寄せられた。それによれば、晴着姿の子供たちまで連れられて、ことごとくが手に花束を抱えていたとも。

植物といえば、バスティーユには植木屋も現れて、馬車いっぱいにポプラの苗木を運んできていた。ルイは自分の洞察に自信を深めるばかりだった。

式典か、行事か、なにか趣向を凝らした催しが予定されているのだろう。ああ、浮かれ加減の祭り騒ぎと決めつけるのは早計として、少なくとも流血の事態が予想されるような荒仕事は計画されていない。

――となれば……。

人心地つけながら、ルイは朝食の卓についた。こういうときこそ、むしゃむしゃと食べなければならない。腹が減っては戦《いくさ》にならない。食べている場合じゃないなどと、きんきん金切り声を張り上げているようでは、それこそ何も始まらない。

30――様子

朝食のみならず、ルイは昼食まで平らげた。しかも空腹に耐えかねて、午前十一時に厨房《ちゅうぼう》を急がせての話だった。

どっしりと構えただけで、呑気《のんき》に流れたわけではない。そうして力を蓄えている間にも、斥候《せっこう》たちには不休の仕事を命じながら、また自らも報告に耳を傾けたのだ。

――だからこそ、蜂起《ほうき》の様子は手に取るようにわかる。

群集がバスティーユ広場を出発したと、報告が届いたのが午前十時十八分だった。恐らくは事前に十時ちょうどと決めて、その通りに行進に繰り出したということだろう。もうひとつ、サン・マルセル街の火薬工場も集合場所に使われたようだったが、こちらでも同時刻に行進が始められていた。

声を張り上げ、拳《こぶし》を突き上げ、群集は二時間ほども歩きまわった。ぐるぐる、ぐるぐる、パリ市内を巡るほど、その道々で参加者も増えていった。それぞれに肥大しながら、ふたつながらの行進が落ち合ったのが、テュイルリというわけだった。

十二時十一分、そのときルイは宮殿大時計棟の「牡牛《おうし》の目の間」にいた。全て事前に押さえていれば、窓辺から様子を眺めて迎えられる。最もよくみえたのが「牡牛の目の間」というわけだ。

逐一の報告を受けていれば、驚いたわけではない。実際のところ、意外でもなんでもない風景だったが、やはりといおうか、その刹那《せつな》は身震いに襲われた。

――黒い大蛇さながらだ。

と、ルイは思った。えんえんと地を這《は》いながら、今にも鎌首を擡《もた》げて、鋭い牙《きば》を剝《む》きそうな蛇を連想させたというのは、あるいは界隈《かいわい》の狭苦しさが関係したのかもしれない。

群集は東向きのカルーゼル広場でなく、西向きの庭園の方角に現れた。左右に建物が屹立《きつりつ》しているサン・ヴァンサン通りに北から押し寄せると、そのまま鉄柵《てっさく》の門を破ることで、テュイルリの敷地に侵入を果たしたのだ。

警備の国民衛兵隊は、まるで役に立たなかった。ばらばらと駆け出して、鉄柵の門まで急ぎ、やってきた群集を押し留《とど》めるつもりかとみていれば、こちらから解錠してやる始末である。

あっさり行進を通したのみか、そのまま一緒に歩き始める衛兵までいて、警備でテュイルリに詰めていたのか、蜂起に合流するつもりで待ち受けていたのか、皮肉でなく、ちょっと判然としなかった。

――なるほど、パリ市当局に鎮圧の動きはない。

群集の勢いに押されて、思うに任せないというのでなく、形ばかりの制止もない。その行進はパリ中の通りという通りを埋め尽くし、あちらこちらで渋滞まで起こしていたのに、ほんの交通整理の人員さえ回されてこない。威嚇《いかく》の発砲ひとつ響かず、注意の警笛ひとつ鳴らず、それを御《ぎょ》する素ぶりは真実皆無だったのである。

もちろん、首を傾《かし》げる話ではなかった。目立ちたがり屋の張りきり者、かのラ・ファイエット侯爵は国民衛兵隊司令官の職を辞していたし、でなくとも今は戦場に出張って、パリを留守にしているのだ。

人々が騒ぎを起こすたび、いつもラ・ファイエットと一組で慌てていたのがバイイだったが、今もパリで暮らしているにせよ、こちらはパリ市長でなくなっている。

――かわりが、ジェローム・ペティオンだ。

いいかえれば、今のパリ市長はジロンド派の領袖《りょうしゅう》のひとりなのだ。

群集の取り締まりに熱心であるはずがない。自らの与党が煽動《せんどう》した蜂起であれば、あらかじめ見て見ぬふりの御墨《おすみ》付きさえ与えているに違いない。

――それにしても……。

テュイルリに闖入《ちんにゅう》すると、群集は調馬場《マネージュ》に折れた。またしても細長い砂場が、えんえんと続いている場所である。

大蛇さながらの様子は変わらなかったが、なんだか間が抜けて感じられた。いよいよ来るかと、ルイは肩まで怒らせていたというのに、こちらに背を向け、群集が進んだ先というのが、調馬場の北側に隣接しているフイヤン僧院の庭だった。

「球戯場《ジュ・ドゥ・ポーム》の誓いの三周年記念だそうです」

なお斥候は報告を持ち帰ることができた。かかる口上で始められたのが「自由の樹」の植樹だった。

植木屋がバスティーユに運んでいたポプラの苗木は、こうして使われたわけで、なるほど一種の祭り騒ぎである。着飾る女たちがいれば、花束を抱える子供たちもいるはずなのである。

もちろん、政治的な示威ではあった。フイヤン僧院の庭に植樹したというのは、いうまでもなく、フイヤン派へのあてつけである。ジロンド派の大臣が放逐された後釜《あとがま》に座りながら、まんまと権力の座を取り戻した守旧派は、もはや自由の心を忘れているとでもいいたいのだろう。いったん根づいた自由は、それでも容易に引き抜けないぞと、下《へ》手《た》な暗喩《あんゆ》も込めたつもりなのだろう。

それにしても、弛《たる》んでいる。あるいは武力で排除される心配がないゆえの、余裕がなせる業《わざ》なのかもしれなかったが、せっかくの力をそんな下らない言葉遊びに振り向けるなら、やはり弛んでいるとの謗《そし》りを免れないのではないか。

少なくとも、このあたりから拍子抜けした。もしかして自分に向けた運動ではないのか、いや、拒否権を撤回しろだの、愛国派の大臣を復職させろだの、その声を聞けば自分に向けられた運動に間違いはなかったが、それも今日のところは直《じか》に働きかけるまではしないのかと、そんな風にも考え始めた。

――というのも、フイヤン僧院の次は議会だった。

群集が調馬場から付属大広間に進んだのは、ルイの懐中時計によれば午後一時三十二分だった。

こちらの玄関にはきちんと衛視が構えていて、さすがに毅然《きぜん》たる態度で制止を試みていた。が、それも議長に問い合わせたと思《おぼ》しき数分を置いただけで、あっさり入場を許した。さほどの混乱が生じた様子もなく、なるほど議場に進んだのは数名の代表だけで、あとの大半の人々は大人しく外で待つことにしたようだった。

そうした群集の様子を再び大蛇に譬《たと》えるならば、建物に頭ばかりを潜《くぐ》り入れて、かたわら外に覗《のぞ》かせたままの尻尾《しっぽ》のほうは、ただ手持ち無沙汰《ぶさた》にバタバタ動かしていると、そんな感じにみえた。

手に手に得物を翳《かざ》しながら、変わらず『サ・イラ』の大合唱が続けられたが、迫力満点の歌声も特筆するべき工夫があるでなく、ただ二時間ばかりというもの、ひたすら張り上げられているだけだった。

「フイヤン派は激怒しておりました。かかる無法な請願は禁じられているはずだと、デュポール氏など傍聴席から身を乗り出すくらいの勢いで、野次を飛ばしておられました。しかしながら、ヴェルニョー議員が弁護の演説を打ちまして……」

　事態は容易に急を告げない。こちらの斥候にも、まだまだ働く余地が残されていた。議会においては、それなりに激しい論争が戦わされたようだった。

「で、議会は民衆の圧力に屈したのかね。拒否権発動と内閣改造について、朕《ちん》に再考を促すという約束を、議会の決議として採択したのかね。それで怒れる群集も今日のところは収まりそうか……」

　そこまで問いを重ねてから、ルイは斥候の返事を手で制した。気配を感じて、ちらと懐中時計をみやると、そのときの時刻が午後三時三十四分だった。

　窓の向こうに砂煙が上がっていた。『サ・イラ』の歌声も大きくなった。ずっと聞こえていたものだが、その歌詞を吐き出している万の口が、一斉にこちらに向けられたということだ。調馬場付属大広間に組みついていた大蛇が、今や頭を大きく返して、反対側の宮殿を睨《にら》みつけたということだ。

「愛国者ばんざい《ヴィーヴ》」

「国民ばんざい《ヴィーヴ》」

「ムッシュー拒否権を倒せ」

怒号も人間の言葉になって、よく聞こえた。これまた、まっすぐ向けられたからだろう。「ムッシュー拒否権」というのも、その至上の大権を有しているフランス王、このルイ十六世に与えられた新たな綽名《あだな》であるとしか考えられない。「陛下《マジエステ》」でなく、単に「ムッシュー」で片づけられたことは面白くなかったが、それも含めてルイは事態を理解した。

――やはり、来るか。

議会に陳情するに飽き足らず、やはり宮殿を目指すか。気に入らない国王に直《じか》に圧力を加えるべく、どやどや乗りこんでくるか。群集の暴挙は、やはり避けられるものではないのか。そう心に続けてから、ルイは努めて笑みを浮かべた。だから、ああ、なにも驚くような話ではない。今日が六月二十日であれば、なにも起こらないはずがない。

31——群集

引き返してきた群集を、調馬場《マネージュ》東端の鉄柵《てっさく》で迎えると、それを国民衛兵隊は再び素通りさせてしまった。

北に折れて、もと来たサン・ヴァンサン通りに抜けるのでなく、そのまま東に進んで、今度は宮殿と庭園を分ける門に殺到されても、警備担当者の態度は変わらなかった。

いうまでもなく、制止を試みる素ぶりはない。自ら蜂起《ほうき》に加わる風さえ否めない。国民衛兵隊も砲兵部隊付き将校などにいたっては、なにやら人々と言葉を交わし、大口を開けて笑うと、あげくに身体《からだ》を反転させて、宮殿の窓辺に指を差したではないか。

「敵なら、あそこだ」

それくらいの言葉が、刹那《せつな》ルイには聞こえた気がした。一語一句そのままではないとしても、大きく違ってはいないだろうとも思われた。

我が身に無数の視線が突き刺さるのがわかった。痛みが走る錯覚さえ生じさせて、心構えしていたはずのルイをして、窓辺から半歩なりとも奥に下がらせたほどだった。

——いけない。

たじろいでしまうなど、知らず油断していた証拠だ。ルイは自分という馬の手綱《たづな》を引きなおす思いだった。ああ、心が弛《たる》んでしまったのは、あやつらだけではなかった。早朝バスティーユから寄せられた報告に飛び起き、パリの蜂起を確信し、人々の動きを追い続け、案の定でテュイルリに乗りこまれてからだけでも長すぎた。最初にフイヤン僧院に向かわれ、さらに議会に立ち寄られ、かれこれ三時間ほども時間を費やされてしまったがため、いつしか他人事《ひとごと》のような気までしていた。

これでは、いけない。その間にも覚悟を固め、戦意を燃やし、むしろ万全の準備を整えるための時間が、たっぷり与えられたくらいに思うべきだった。なにせ、こちらは連中のように、身の安全が保障されているわけではないのだ。

余裕を気取れる要素は、もとより皆無である。国民衛兵隊が役立たずであるからには、はじめからテュイルリ宮の王家は、攻められやすい裸同然の境涯なのである。

——だからこそ、身構えてきた。

幾通りも最悪の事態を思い浮かべながら、その時々に取るべき最善の行動も、あらかじめ割り出してある。このときもルイは自分が発するべき命令を迷わなかった。

「家族を別室へ」

妻子も同じ「牡牛《おうし》の目の間」にいた。これだけ不穏な一日であれば、当然の話だ。頼れる父親のそばに集まり、その確かな存在感に縋《すが》らないではいられなかったのだ。

ところが、群集が乗りこんでくる恐れがあるなら、この父親のそばこそ危険きわまりないことになる。

「だから、さあ、急ぎなさい」

すぐさま応じて、侍従、女官の類《たぐい》が動いた。が、そこで抗《あらが》う素ぶりを示したのが、二人の子供を左右の腕のなかに収める、王妃マリー・アントワネットだった。

我ながら驚いたほどの鋭い声で、ルイは命令を改めた。

「マダム、急いでください。子供たちを連れて、早く王太子の部屋に」

「しかし、陛下をひとり残しては……」

「私なら、大丈夫です。私までいなくなれば、なおのこと騒ぎは大きくなるばかりです」

「けれど、オーストリア女として国民に憎まれているのは、わたくしでございます。わたくしがいないでは、あの者たちの怒りは収まりません。陛下に向かえば、かえって勢いが倍してしまうかもしれません」

「お義姉《ねえ》さま、ですから、わたくしが残ります」

割りこんだのは、エリザベート内親王だった。ええ、この部屋には、わたくしが残ります。人々は王族の顔など詳しく知るわけではないのですから、きっと取り違えることでしょう。ええ、わたくしが民の怒りの半分を引き受けます。ですから、さあ、お義姉さま、お子さま方のことを第一に考えて。

――さすがは我が妹。

エリザベート内親王の言葉を聞きながら、ルイは涙が出る思いだった。苦労知らずの無垢《むく》な王女は、ひたすら受け身で、ただ過酷な運命に流されるだけのようでありながら、この土壇場で王族たるの気概を示してくれたのだ。

女の身にして窮地に追い込まれながら、まさに天晴《あっぱれ》至極《しごく》である。まんまと亡命し果《おお》せた気楽な身にして、空虚な言葉ばかり叫んでいる二人の王弟、プロヴァンス伯やアルトワ伯にも聞かせてやりたいと思うほどだ。

「ですから、マダム、さあ、早く」

ルイも言葉を添えた。これは王としての命令です。ええ、全て打ち合わせたはずでしょう。さあ、王妃、この期《ご》に及んで駄々をこねるものじゃありません。

覚悟は自分だけの話でなかった。ルイは家族にも心の準備をさせていた。思い浮かべた最悪の事態を、いちいち語って聞かせながら、その都度それぞれが取るべき行動も事前に打ち合わせてある。

王妃マリー・アントワネットも頷《うなず》かざるをえなかった。子供たちの肩を抱きなおすと、ただ涙を溜《た》めた目を向けて、最後に数語だけ残した。

「フランスの皆さん、わたくしのお友達の皆さん、選び抜かれた兵たちも、どうか陛下を助けてください」

全体誰に向けられた言葉だろうと、ルイは一瞬だけ虚無感に捕われた。

新しい憲法に則する形で、新たに創設された立憲近衛隊《このえたい》は、議会の決定であっさり解散させられていた。指揮官のブリサック公爵も追放に処され、ここには近衛兵ひとりいないのだ。「牡牛の目の間」に控えていたのは、他にはトゥールゼル、セプトゥイユ、ドービエら近臣と、老元帥《ろうげんすい》ムーシ公爵が率いる一握りの兵士たちだけなのだ。

これら頼む気にもなれない面々に頼んだのだとすれば、マリー・アントワネットは真実藁《わら》にも縋る思いだったのだろう。

その夫を思う切実さに、じんと胸を熱くするほど、闘志は倍して燃え上がる。

――もう逃げない。

とも、ルイは自分に言い聞かせた。ああ、今日は六月二十日だから逃げない。去年の同じ日付には、愚かな感情に翻弄されてしまったあげくに逃げを決めて、フランス王たる名前にそぐわない真似《まね》をした。その咎《とが》めを受ける意味でも、今度は絶対に逃げない。

ダン、ダン、ダンと耳障りな音が響いていた。

庭園に面した玄関は、鍵《かぎ》がかかっていたのだろうか。恐らくは重たい斧《おの》を振り下ろして、扉の木戸を叩《たた》き壊している音だった。メキメキと軋《きし》むような音が続いたかと思えば、その直後にバタンと空気が破裂して、大きな物が倒れた気配も伝わってきた。

——口が開いたということだろう。

襲いきたのは、今度は地鳴りと紛《まが》うばかりの震動だった。あてられて、普段は落ち着いている綿埃《わたぼこり》が、シャンデリアを離れて舞い飛んだ。

それが万を数える人々の足音なのだということも、言を俟《ま》たない実感だった。朝から一本調子の『サ・イラ』の歌声も、うわんうわんと吹きぬけに反響して、暴徒たちが階段を上り始めたことを知らせた。

——正直をいえば怖い。

そこはルイも認めた。ああ、怖いと進んで認めるべきだろう。夢物語に逃げこんでも仕方がない。現実は現実として、きちんと受け止めなければならない。そのうえで隠された真実まで見極めて、きちんと対峙《たいじ》しなければならない。

侮る気分は露なかった。

——つまるところ、革命とは民衆のことだ。

一七八九年の始まりから、議会だけなら簡単に圧倒できた。過激な政治クラブとて、それ自体は恐ろしくもなんともない。ああ、フイヤン派も、ジロンド派も、ジャコバン派も怖くはない。

震え上がらなければならないのは、それらが民衆と結びついたときだ。バスティーユを陥落させ、ヴェルサイユを急襲し、あるいは何度となくテュイルリ宮に詰め寄りながら、常に革命という事態を動かし、また新しい段階に進めてきたのは、ことごとく民衆の力なのだ。

――ほとんど無敵だ。

これを敵に回しては、閣僚も、議会も、政治クラブさえ抗えないくらいに強力なのだと、そうまでルイは譲るのだが、かたわらで勝てない相手ではないとも考えていた。

――少なくともミラボーは勝った。

あれは議会で宣戦講和の権限が論議されたときだった。

それを王に与えるべきと主張して、ミラボーは民衆の怒りを買った。この同じテュイルリに集結した群集に、調馬場付属大広間に向かう馬車まで襲われた。ながらも平然と議会に入り、と思うや弁舌ひとつで逆境を撥《は》ね返してみせたのだ。たちまちにして民衆を寝返らせ、再び自らの味方と化してしまったのだ。

やりようなら、あるということである。要するに、ミラボーになればよいのである。

――毅然《きぜん》とした態度を貫き……。

物音が高くなった。心なしか、熱風も吹きこんだようだ。もう少し手を伸ばしさえすれば、怒鳴るような『サ・イラ』の歌声にも、直《じか》に触れることができそうだ。

「陛下、これは……」

トゥールゼルの頰《ほお》には赤いところもないほどだった。顔面蒼白《がんめんそうはく》になりながら、まさに必死という感じで進言を寄せてきた。ええ、お逃げください、陛下。これは、さすがに応じきれません。これほどの群集となると……。

「控えの間の扉を開けよ」

近臣の言葉を遮《さえぎ》りながら、ルイは命じた。また斧で壊されては、かなわん。どのみち突破されてしまうのだから、こちらから扉を開けても、それは同じだ。

「しかしながら、陛下」

「我が人民に囲まれるだけのことだ。全体なにを恐れるというのだ」

ルイは固い意志を宿した目つきで、先の命令を繰り返した。ええ、控えの間の扉を開けなさい。

32——来襲

若い兵士が二人ばかり、扉の方向に動き出したが、その時点で手遅れだった。向こうから、ばんと大きく押し開かれてしまった。先んじて、金色の取手が弾《はじ》け飛んでいた。外側からの斧《おの》の一撃で、あえなく壊れたようだった。扉自体が破壊されるのではないながら、力ずくで突破されるという、玄関の繰り返しになってしまった。

——後手後手に回されるようでは駄目だ。

ルイの心に、ほんの少し焦りが生じた。いや、自分を取り戻して、いったん立て直さなければばと、冷静な算段を試みるほど、焦りは大きくなるばかりだった。そんな悠長な時間など、与えられてはいないからだ。

黒色の蠢《うごめ》きが、みるみる眼前を席捲《せっけん》した。群集が部屋に踏みこんできたと、そのこと自体は疑うまでもないながら、その数秒は全ての思考が白色に奪われて、なにがなんだかわからなかった。

「諸君らの王だ。敬いたまえ」

トゥールゼルが叫んだようだったが、無論そんな声など簡単に掻《か》き消されてしまう。視野いっぱいを埋めるに飽きたらず、その黒色は雪崩《なだれ》さながらに押し寄せてきた。文字通りに押し寄せて、気がつけばルイは背中に窓枠の感触を覚える羽目になっていた。そこまで押し流されたということだ。「牡牛の目の間」が隙間《すきま》もないほど、暴徒で満たされたということだ。

一番に襲い来たのは、饐《す》えたような臭気だった。汗なのか、垢《あか》なのか、いずれにせよ今は夏時分であり、人間は臭くならざるをえない。風呂に入る習慣を持たず、香水を使う余裕もないなら、もう悪臭が服を着て歩いているかの体《てい》になる。

――そうした貧民のことは「サン・キュロット」といったか。

そう思い出せたことで、ルイは自分を取り戻した。ああ、私は冷静だ。きちんと事態を把握している。いいぞ、いいぞ、慌てていない。そう密《ひそ》かに喜びながら、胸奥で算段を続けたところ、ふと思い出される図式があった。ああ、確かサン・キュロットという下層階級の貧民は、ブルジョワという上層富裕者との間に軋轢《あつれき》を抱えていたはずだ。必ずしも一枚岩ではなかったはずだ。

――それがジロンド派のために起《た》つか。

なかに野暮な輩《やから》は紛れても、ジロンド派は貧乏というわけではない。それどころか、ジロンド派の面々には、裕福なブルジョワが少なくないはずだった。ああ、そうだ。だから、ジロンド派というのだ。ジロンド県の港湾都市ボルドーが送りこんだ資産家たちが、その徒党では中核になっているのだ。

——サン・キュロットは本来的な同志ではない。

そうした違和感までを、ルイは見逃さなかった。無論、それだからと、目の前の風景が一変するわけではない。蜂起《ほうき》のサン・キュロットが大人しくなるわけではない。

——むしろ、輪をかけた難敵だ。

恵まれているブルジョワのほうが、王の存在を許容できる。なべて穏健な知性派であり、一通りの礼儀を心得て、またしばしば極端を嫌う。

反対に虐《しいた》げられたサン・キュロットは、あからさまな敵意を向けて、王など豚だ、王など殺せ、せめて唾《つば》を吐きかけてやれと、まさに歯止めというものがない。

それは昨夏ヴァレンヌからの帰路で、嫌というほどみせつけられた。今目の前で繰り広げられている光景も、ひどかった。『サ・イラ』の大合唱を続けながら、人々は無数の幟旗《のぼりばた》を担いでいた。

「愛国的大臣たちを呼び戻せ」

「暴君に国民の裁きを」

くらいであれば、まずは尋常な政治活動として、文字を追う気にもなれる。ジロンド派の利害を代弁しているといわれれば、その通りだろうとも頷《うなず》ける。

「恐れよ、暴君ども。民は武装しているぜ」

「法案批准《ひじゅん》か、しからずんば死か」

「ムッシュー拒否権と、その女房を殺せ」

ただの脅しにすぎないと了解して、このくらいまで暴力的になると、そろそろジロンド派とは別な輩《やから》が来ているなと思わせる。

「マリー・アントワネットを吊《つ》るせ」

そう書いた紙片を藁人形《わらにんぎょう》に括《くく》りながら、絞首刑の意味なのか、ぶらんぶらんと紐《ひも》で揺らしている輩もいれば、ぽたぽた血を滴《したた》らせる肉塊《にくかい》、恐らくは子牛かなにかの心臓を掌《てのひら》に運びながら、貴族どもの心臓だ、王を庇《かば》う奴《やつ》はこうしてやると、悪趣味な真似《まね》に及んでいる者までいた。

こうなると、いよいよ人間の言葉が通じるだろうかと心配になる。本当に、ひどい。まさに手もつけられない。けれども、それを意外というべきではないのだ。慌てずに受け止められたのみか、ルイは徒《いたずら》な絶望に傾いたりもしなかった。というのも、好きか嫌いかを問われれば、サン・キュロットのほうが好きだったからだ。

本来の王党派はサン・キュロットのほうだとも思う。よるべなき貧民であるほどに、王という名の「国父」をより強く求めるからだ。

言動が極端なほど過激になってしまうのも、根が頑迷なくらいに保守的であることの裏返しである。おかしな焚《た》きつけられ方でもされないかぎり、まず主君に反旗を翻《ひるがえ》すことなどない。

――腹黒いのはブルジョワのほうだ。

ジロンド派にしても、根が傲慢《ごうまん》で御《ぎょ》しがたいから、さっさとクビにしてやったのだ。そう胸中に言葉を並べてみるほどに、ルイは「牡牛の目の間」に押しかけている人々を、だんだん怖いと思わなくなった。

屋内にあって、なお暴徒然とした示威は繰り返されていた。脅すような『サ・イラ』の歌に始まって、怒号の連呼から、柄のついた看板の上げ下げから、さかんな運動が試みられて、もちろん脅威は脅威である。

窓辺まで追いつめられた王を守らなければならないと、ただ一列のみの男たちばかりは身体を張って、なお群集との間に介在しようと努めていた。

してみると、ひどく興奮したのだろう。なにやら奇声を発しながら、ひとりの男が短剣を振りかざし、その列を越えようと大跳ねした。やはり脅しのつもりにすぎなかったろうが、その刃《やいば》はルイの目の前を掠《かす》めてすぎるほどまで近くにきた。

顔色を変えながら、ひとりの兵士が、ばっと動いた。小生が盾になります。陛下の御《おん》身《み》をお守りいたします。

「その必要はない」

ルイは大きな背中を押し返し、さらに聞こえよがしに続けた。

「朕《ちん》を守るといいますが、朕は何も恐れてはいませんよ」

怒鳴るくらいの大声は、いくらか不自然だったかもしれない。が、さもなくば、あまりな騒ぎに、こちらの声など通りようもないのだから仕方がない。

「ええ、心に恥じるところがない人間は、不安も恐怖も抱《いだ》いたりしないものなのです」

さらに言葉を重ねると、その騒ぎも少し引けた。天井いっぱいまで満ちていた怒号が、その水位を僅《わず》かながらも下げた気がした。

勘違いだろうか。いや、勘違いでも構わないから、ひとつ、ここは調子に乗ろう。ルイは兵士の手を取った。そのまま奪うようにして、自分の胸に押し当てた。

「鼓動が速くなっておりますか」

「い、いえ、陛下」

「みなさい。なにも恐れていない証拠だ。ひとつも案じていないことの証明だ」

戸惑いの空気が流れるのが、わかった。今度の群集は、はっきり異変に気づいたのだ。おい、みろよ。王さまをみてみなよ。そう促している声も、ルイは聞き取ることができた。それを許す程度には、喧《やかま》しくなくなったということだ。少なくとも、乗りこんできたままの勢いは保てなくなっている。ああ、そうだろう、そうだろう。

――大衆とは、そういうものだ。

相手が恐れ、うろたえれば、嵩《かさ》にかかって攻めてくる。ところが落ち着きはらわれてしまうと、とたん自分のほうが狼狽《ろうばい》してしまう。不遜《ふそん》なブルジョワとて例外でないならば、ましてや哀れなサン・キュロットたちなのである。本来的には王党派でさえあると思えば、少しも怖くないどころか、いよいよ抱きしめてあげたいとさえ思えてくる。

本当に抱きしめることはしないまでも、心の余裕ばかりは大きくなっていた。不愉快な暴力沙汰《ざた》が起こるかもしれないなどとは、もはや心配するまでもなかった。ああ、よくよくみれば、槍《やり》だの、斧だの、火掻き棒だの、得物《えもの》らしく振りかざしている金物ことごとくには、可愛《かわい》らしくも赤白青三色のリボンが巻かれているではないか。

革命の印であり、一種の示威には違いないが、裏腹に武器として本気で使う腹など持たないことを、自ら白状しているのも同然だった。

――あるいは心構えができていないというべきか。

半端な覚悟しかないままに、ジロンド派に煽《あお》られたことで、とりあえず動いてしまったというところか。そう仮説を立ててみれば、従前までの経過の多くが納得できた。なるほど、女子供が混じるはずだ。なるほど、植樹などに興じたはずだ。あまつさえ議会に立ち寄り、そのままグズグズしていたはずなのだ。

いちいち頷くことができれば、ルイの自信は深くなるばかりだった。ああ、もはや私の敵ではない。このままでは何にもならないと気がついて、遅ればせながら王宮に乗りこんできたところで、はん、覚悟の私に迎えられては、なにができるものでもない。

33――勝負

――いいぞ、いいぞ。

そう心に続けながら、ルイは持ち前の慎重さをなくさなかった。まだ油断できるわけではない。まだ連中は調子づいている。毅然《きぜん》たる王者の態度にあてられて、すっかり失速したわけでさえなく、というか、これだけの人数が押し寄せてきたのだから、私の声ひとつ聞けていない輩《やから》のほうが、まだまだ多いと考えなければならない。

実際のところ、人々はすぐに勢いを取り戻した。フイヤン派の陸軍大臣ラジャールが一隊を引き連れてやってきたが、人垣を掻《か》き分けることさえままならなかった。もちろん王の窮地を救いたいとは考えたのだろうが、下がれ、下がれ、引き揚げろと居丈高な命令を吠《ほ》えることで、逆に群集の怒りを再燃させただけだった。

「大臣を元に戻せ。ロランと、クラヴィエールと、セルヴァンを復職させろ」

「それよりか、先に法案の成立だ。王は法案に署名しろ」

「あんた、反革命の神父に味方しようってのか」

「違うってんなら、連盟兵の駐留を認めやがれ」

「てえか、そもそもの拒否権を捨てろ。王なんざ拒否権と一緒にいなくなっちまえ」

後列の連中など前列の停滞に苛立《いらだ》ちながら、怒号もろとも今にも飛び出してきそうだった。飛ばないまでも、人垣を掻き分け掻き分け、王の面前まで迫ろうとする人間は跡を絶たない。ああ、どけどけ。おまえら、なにしてやがる。

「ああ、いやがった。おまえ、王だな」

なんたる無礼口かと、身を挺《てい》する兵士が呻《うめ》いた。全く、その通りの無礼口だが、ルイのほうは努めて表情を動かさなかった。ああ、無表情は今度も武器になってくれるはずだ。この仮面があるかぎり、誰も、どこにも、つけこむことができないのだ。

「ええ、ですから、構いません」

「しかし、陛下」

「よいのです。あなた、名前は」

兵士を制して、ルイは半歩前に出た。やはりというか、その前掛け姿の男にも失速の予兆があった。え、なに、俺の名前だって。そんなの、どうだっていいじゃねえか。

「まあ、名乗らねえこともねえが」

「是非に」

「ルジャンドルだ。ルイ・ルジャンドル」

ほお、この男がと、ルイは心に呟《つぶや》いた。指導者として、名前が挙がっていた人物だ。コルドリエ・クラブの活動家として、かねて調べもつけてある。ということは、だ。

「失礼だが、御職業は」

「肉屋だが、全体なんの関係がある」

「いえ、ときに食肉業の方となると、最近は大変なのではありませんか」

「大変だと」

「非常な食糧不足と聞いております。砂糖、珈琲《コーヒー》、それに穀物まで足りないのだとか。まだ食肉のほうは、仕入れが足りておられるのですか」

ルジャンドルは答えなかった。無精髭《ぶしょうひげ》の口元を、もごもごさせただけだった。後列に控えていた数人は、額を寄せ合っていた。なんだ、王さまも食糧問題のこと知ってるじゃねえか。誰なんだよ、ルイ十六世は下々《しもじも》のひもじさも知らねえで、たらふく食べてばっかりだなんていったのは。この肥えっぷりだ。食べてるは食べてるだろうが、まあ、俺たちの苦労を知らないわけでもなさそうだな。

ルイには狙《ねら》い通りの展開だった。貧者の最大の関心といえば、それだ。比べれば、よく中身も知らない法案に拒否権が発動されようと、親しいわけでもない大臣が更迭《こうてつ》されようと、そんなことは瑣事《さじ》にすぎない。やはり、だ。やはり、そうなのだ。サン・キュロットは空腹に苛々していたところに、ちょんと火をつけられて、ただ爆発しただけなのだ。

そこには政治的な意味も、意図もありえない。話をうまく食糧問題に誘導できれば、たちまち政治問題などは消える。

「飢えが広まっているとのこと、当然ながら朕《ちん》としても心を痛めております」

と、ルイは続けた。ええ、できることなら、朕自身が食糧を調達して、フランスの国民という国民に届けて回りたいくらいです。ところが、朕ときたら今や議会の許しがなければ、なにひとつできない身の上なのです。王とはいえ、憲法と法律が定めることしか許されていないのです。

「こうして嘆いている間も国民は腹を空《す》かせているのだと、いくら不憫《ふびん》に思っても……」

「ったく、嘘《うそ》つきだな、あんたは」

ルジャンドルが再び前に出た。ああ、うまいことといったって、俺たちは信じねえぞ。だって、あんた、裏切り者じゃねえか。去年の六月二十日、今日と同じ日には、フランスを捨てて逃げようとしたじゃねえか。

今度はルイが答えられない番だった。というより、あえて答えずに済ませた。フイヤン派が仕立てた誘拐説もあり、ヴァレンヌ事件については下手《へた》な弁明こそ命取りなのだ。

それだけに、無表情が得意のルイも苦笑せざるをえなくなった。さすが指導者に担がれるだけのことはある。ただ無頼《ぶらい》なだけの不作法者ではない。ルジャンドルだけは、そうそう簡単には騙《だま》されてくれないだろう。

ルジャンドルは続けた。なあ、王さまよお、あんた、悪い男だよ。

「これまでだって俺たちを、さんざ騙してきたんだろ。今だって騙してるんじゃねえか。俺たちの知らないところで、こそこそ外国と連絡とってんじゃねえか。俺たちフランス国民はなあ、そういう、あんたの三文芝居にゃ、ほんとウンザリしてんだよ」

「申し訳ない、ルジャンドルさん。お言葉の意味がわかりかねます」

「だから、あんた、俺たちを騙そうとしているんだろ」

「騙すというのは、ですから、なんの話ですか」

「騙してねえっていうのか。騙してねえっていうのか。それなら、あんた、今すぐ拒否権を取り消してみせてくれ」

「…………」

「拒否権を取り消してくれるんなら、騙してねえって認めてやる」

どういう理屈だと思いながら、ルイは今度も反駁《はんばく》しなかった。理屈が通じる相手ではない。仮にルジャンドルには通じても、その後ろに控えている群集は、支離滅裂な論法にこそ同調する輩ばかりだろう。

現に人々の声は続いた。おお、そうだ、そうだ、ルジャンドルのいう通りだ。

「真《まこと》があるってんなら、王さま、拒否権を取り下げろ」

「ああ、法案に署名しろ」

「ついでに大臣を元に戻せ」

訴えるべき要求の言葉面《ことばづら》だけは、隅々まで周知されているようだった。

拒否権を取り下げろ。大臣を元に戻せ。拒否権を取り下げろ。大臣を元に戻せ。声を合わせた大合唱に発展すれば、がんがん物が打ち鳴らされ、だんだん足が踏み鳴らされ、さらなる騒音が上から下から襲い来る。分厚い音の塊《かたまり》と化すほど、空気は俄《にわ》かに熱を孕《はら》み、のみか不穏な色まで薄《うっす》ら帯びたように感じさせる。

――これが大衆の圧力というものか。

実際に重さまで感じながら、なおルイは両の足に力を入れた。クラクラする。フラフラする。それでも負けてなるものか。決して動じてなるものか。返す刀で一蹴《いっしゅう》できないまでも、決して押し潰《つぶ》されるものか。

――絶対に引かない。

数日来、ルイは自分に言い聞かせていた。

自分に何ができるか。どんな態度を取りうるか。どんな戦い方ができるか。自ら先手を打ちながら、ジロンド派との全面対決を覚悟して以来、ずっと考えていた。我ながら機転が利くほうではない。当意即妙の受け答えで、人々を魅了できる質《たち》でもない。下手《へた》に口舌を弄《ろう》しては、反対にやりこめられるばかりかもしれない。

――要するに攻めてはならない。

攻撃は得意でない。そのかわり、防御《ぼうぎょ》には自信がある。ああ、守りという方向においてなら、かなりの強さを発揮しうると、それがルイの冷静な自己分析だった。

この強みを最大限に発揮するしかない。なにを奪い取らなくても構わないから、なにひとつ渡さず、譲らず、妥協しない。どれだけ説かれ、あるいは脅され、あるいは暴力にまで訴えられたとしても、粘り強く辛抱して、ひたすら否《ノン》と答え続けて、最後まで決して折れない。

――なんとなれば、あとに残るのは結果だけだ。

どれだけ防戦一方になっても、当座どれだけ格好が悪くても、それは問題ではなかった。王は拒否権を取り下げなかった。大臣の復職も認めなかった。押し寄せた群集は王に諾《ウィ》といわせることができなかった。そうした結果さえ残せれば、つまりはルイ十六世の勝ちだと、明日には新聞各紙が報道してくれるはずなのだ。

34――市長の弁

ルイは再び無表情を心がけた。自分の武器というならば、この盾こそ何よりの頼りだ。

「できませんな」

そう答えれば、群集は脅しつける勢いで絡んでくる。

「なんだと」

「ですから、拒否権の発動を取り消すことはできません」

繰り返すほどに、さらに無数の人間が次から次へと前に出てくる。

「ふざけるな、この豚野郎。どうして取り消せねえってんだ」

「そのときではないと思うからです」

「そのときって、どのときだよ」

「国民のための最善を考えて、今は拒否権を取り消すべきではないと判断したのです」

「なにが最善だ、ふざけるな。おまえの拒否権なんか、俺たちが認めねえ。ああ、今この場で取り上げてやらあ」

「朕《ちん》の拒否権はフランスの憲法に認められたものです。それを否定することは、憲法を否定することですよ」

「……………」

「もちろん拒否権の剝奪《はくだつ》であろうと、それが憲法の求めるところであれば、朕のほうには僅《わず》かも抗《あらが》う意思などありませんが」

沈黙が訪れた。その時間をルイは数えた。アン、ドゥー、トロワ、キャトル。

そこで怒号が復活した。ごまかすな。ごまかすな。憲法を持ち出せば、なんでも通るなんて思うなよ。だから、俺たちは国民のための最善てなところを質《ただ》したかったんだ。

聞き流しながら、ルイは思う。四秒も沈黙を強《し》いることができたなら、まずは上出来といえるかなと。同じ種類の沈黙を繰り返すほど、どれだけの言葉を吠えても虚《むな》しいと、さすがの連中も悟らざるをえなくなるだろうと。

それが証拠に、次なる一手は言葉ではなかった。槍《やり》の穂先にひっかけられて、ルイの眼前に突き出されたのは、赤色の縁なし帽だった。

「フリジア帽をかぶれ」

槍の根元あたりから言葉が届いた。とすると、あたり一面が同じ言葉に縋《すが》りついた。

そうだ、そうだ、フリジア帽をかぶれ。愛国的フランス人なら、今こそ一致団結して外国と戦おうって、そういう決意の表明がフリジア帽だ。

それは戦意高揚のためにジロンド派が、というよりブリソが流行《はや》らせたものだった。詰めよせた群集にも、赤帽子《ボネ・ルージュ》の輩《やから》は少なくなかった。というより、男のほとんど全員がフリジア帽だといえるほどだ。

「だから、こいつは同志の証《あかし》なんだ」

「俺たちを騙《だま》すつもりも、裏切るつもりもないんだったら、なあ、王さま、あんたもフリジア帽をかぶれるはずだ」

「ええ、かぶりましょう」

「………」

また沈黙が訪れた。アン、ドゥー、トロワ、キャトル、サンク、シス。ルイが帽子を受け取り、それを自ら頭に載せる様子を、人々は固唾《かたず》を呑《の》んで見守った。

沈黙が破られたのは、同志の証に飾られたフランス王の姿を認めて、ようやく呻《うめ》き声を洩《も》らしてからのことだった。

「おい、おい、王さまときたら、本当にかぶっちまった」

「デュムーリエ将軍もフリジア帽をかぶったぜ。他の貴族とは一味違うってところをみせてくれたぜ。それと同じなんじゃねえか。もしや陛下は本当に愛国者なんじゃねえか」

「それなら、こいつもつけてみせろ」

差し出されたのは、今度は三色のリボンだった。それまた受け取り、ルイは胸につけてみせた。また沈黙と呻き声が相次いだ。おお、つけたぜ。三色の印までつけてみせたぜ。おいおい、誰だよ、王は革命の敵だなんていったのは。外国と組んで、フランス人を殺そうとしているなんていったのは。

暴徒の空気が変わり始めた。いくらか落ち着いたのか、あるいは異変に打たれたか、ざわざわと言葉の波が伝播《でんぱ》して、こちらが発した声や態度の有様は今度こそ群集の隅々まで伝わったようだった。

——それにしても暑い。

ルイは顎《あご》に滴《したた》る汗に気づいた。気がつけば、襞襟《ひだえり》が絞れるくらいに濡れていた。なるほど、橙色《だいだいいろ》の夕陽が直撃している窓辺に立ち続けだ。もとより、夏日だ。饐《す》えたような臭《にお》いが充満しているのみならず、風も抜けない四壁のうちに、これだけの人間が押しこまれているのだから、人いきれで蒸し蒸しするのは当然なのだ。

「喉《のど》が渇いたな」

なんのつもりもなく、ルイは呟《つぶや》いた。それを聞き留められたあげく、人々に騒ぎ出されたときは、一体どうなることかとも思った。が、好意的に変わり始めた空気が、元の剣呑《けんのん》な風に戻るわけではなかった。

「おいおい、飲み物はねえか。陛下は喉が渇いたんだと」

「酒ならあるぜ。混ぜものの安酒だがよ」

「構わねえ、そいつをよこせ。構わねえよな、王さま」

「ああ、ありがたい」

そう答えるしかなかったものの、正直ルイは舌打ちしたい気分だった。庶民の酒など飲んだことがなかった。果たして飲める代物だろうか、後で腹を壊すのではないだろうかと、それこそ今日一番の心配事になったくらいだ。

かくて手渡された酒というのも瓶のままで、それを注《つ》ぐべき杯もない。

——それでも飲むしかない。

ルイは酒瓶を高く掲げて、それを人々に示した。それでは、いただくことにするよ。そう断り、口をつけようとするや、どこかから声が上がった。

「国民のために乾杯《ヴィーヴ・ラ・ナシオン》といえ」

「承知した。それでは、国民のために乾杯」

いうや、えいままよと口をつけ、酒瓶を一気に逆さにした。どんどん喉に流れ落ちてくるそれは、意外や飲めないというほどではなかった。ああ、悪くない。庶民の酒も悪くない。

生まれてこの方、世界最高の美酒美食ばかりを出されてきたが、そういえば味にうるさいほうではなかった。それこそ海軍の食事でも、なんの抵抗も感じずに、ペロリと平らげられたほどだ。ああ、そうか。肝は海軍の呼吸というわけか。

――この手の豪放磊落《ごうほうらいらく》ぶりこそ、庶民の好みというわけか。

グルッ、グルッと喉を鳴らして飲むほどに、人々の目が釘付《くぎづ》けになるのがわかった。一気に全て飲み干して、プウと息を吐いたときには、群集は感動まで覚えたような恍惚《こうこつ》顔《がお》で、いよいよ拍手喝采《はくしゅかっさい》を捧《ささ》げてくる。いや、それだけではない。

「王さま、パンが足りないんです」

「あっても、値段が高くて買えませんや」

「議会はなにもしてくれねえ。ねえ、陛下、なんとかしてくださいや」

訴えの中身が別になっていた。狙《ねら》い通りに話は変わった。拒否権の発動を取り消せとも、愛国派の大臣を復職させろともいわない。貧しきサン・キュロットの関心は、やはり食べられるか食べられないかだけであり、かかる苦境を訴えられると思うなら、たちまちにして王党派にも転じてしまう。

――能書きばかりのジロンド派など、あっさりと忘れてしまう。

みたことかと叩《たた》き返したい気持ちを抑えて、なおルイは我慢を続けた。語りかけられるからには、こちらも答えなければならない。その答え方ひとつで、せっかく好転した空気が、元の木阿弥《もくあみ》に戻らないともかぎらない。いや、ヴァレンヌの経験則を唱えるならば、こちらがなにをしなくても、群集というものは突如一変するのである。

緊迫の時間は続いた。顔を引き攣《つ》らせながら、エリザベート内親王も必死の受け答えを続けていた。

家族といえば、王妃マリー・アントワネットと子供たちも、ほどなく「牡牛《おうし》の目の間」に戻ってきた。テュイルリ宮中を徘徊《はいかい》した群集は、王太子の部屋まで破ってしまったようだった。「オーストリア委員会」が持ち出されるかと冷や冷やしたが、それまた群集心理は読めないというべきか、かかる風向きにならなかったのは幸いだった。

議会は介入を急がなかった。というより、介入に積極的でなかった。議員代表と称して、何人かやってきたが、群集を相手に二言三言交わすと、それだけで引き揚げた。

なにを話したのか、それは聞きとることができなかった。訪れたのがフイヤン派なのか、ジロンド派なのか、それも知れない。

――もとより、議員では話にならない。

ルイが待つべき人間は、ただひとりだった。というか、その男の顔をみてから、ひとりだけだったのだと気がついた。

それまでは眼前の事態をどうするかに必死で、他に頭が回らなかった。それこそ懐中時計を取り出し、時刻を確認することさえ忘れていた。なにやら拍手が聞こえて、その猛禽《もうきん》を思わせる相貌《そうぼう》が人垣を分けるようにして現れて、ようやく何時になるのだろうと思いついたのだ。ああ、私は二時間から耐えたわけか。

——午後六時三分……。

パリ市長ペティオンが、テュイルリ宮を訪れた。助役のマヌエルを伴い、それはパリの秩序を守るべき責任者たちだった。王宮とて例外ではありえない。現に前市長のバイイなど、騒擾《そうじょう》の類《たぐい》が起こるや、いつも一番に駆けつけてきた。

——それをペティオンは無視した。

あえて無視した。蜂起《ほうき》の動きを黙認した。それが、とうとう姿を現した。いくらなんでも、知らぬふりはできなくなったからだ。これ以上続けても得るものなしと、あるいは観念したのかもしれない。

——つまりは時間切れというわけだ。

パンをください。小麦の値段を安くしてください。見当違いの陳情を際限なくする群集を、強張《こわば》る笑顔であしらいながら、ペティオンはこちらの面前まで進んできた。

その市長の弁が傑作だった。

「陛下、たった今でございます。ひどい目にあっておられると、たった今聞かされました」

「だろうね、市長」

と、ルイは答えた。僅かの昂《たかぶ》りもない、我ながらに冷ややかな返事だった。であればこそ、その直後から総身を満たした喜びがある。

——勝った。

パリ市政庁の誘導で、暴れに暴れた群集も家路についた。ええ、人民は品位をもって宮廷に上がりました。また辞するときも、無礼を働くなどとは思われません。ええ、ええ、陛下、どうかご安心ください。そうした言葉を並べたあげくに、ペティオンは今から議会に向かうと告げた。テュイルリ宮の騒擾は平和的な解決をみたと、議員諸氏には自らの口から報告するということだった。

——つまりは敗北宣言というわけだね。

よほど確かめてやろうかと思ったが、それは止《や》めた。ああ、もう六月二十日は終わる。さしあたりルイには、それで十分だった。

赤帽子を脱ぎながら、破壊のかぎりを尽くされたテュイルリ宮も今夜ばかりは熟睡できそうじゃないかと呟いてみるほどに、左右の頬《ほお》が弛《ゆる》んで弛んで仕方なかった。

主要参考文献

・B・ヴァンサン『ルイ16世』神田順子訳　祥伝社　2010年
・J・Ch・プティフィス『ルイ十六世』(上下)　小倉孝誠監修　玉田敦子／橋本順一／坂口哲啓／真部清孝訳　中央公論新社　2008年
・J・ミシュレ『フランス革命史』(上下)　桑原武夫／多田道太郎／樋口謹一訳　中公文庫　2006年
・R・ダーントン『革命前夜の地下出版』関根素子／二宮宏之訳　岩波書店　2000年
・R・シャルチエ『フランス革命の文化的起源』松浦義弘訳　岩波書店　1999年
・G・ルフェーヴル『1789年―フランス革命序論』高橋幸八郎／柴田三千雄／遅塚忠躬訳　岩波文庫　1998年
・G・ルフェーブル『フランス革命と農民』柴田三千雄訳　未来社　1956年
・S・シャーマ『フランス革命の主役たち』(上中下)　栩木泰訳　中央公論社　1994年
・F・ブリュシュ／S・リアル／J・テュラール『フランス革命史』國府田武訳　白水社文庫クセジュ　1992年
・B・ディディエ『フランス革命の文学』小西嘉幸訳　白水社文庫クセジュ　1991年
・E・バーク『フランス革命の省察』半澤孝麿訳　みすず書房　1989年
・J・スタロバンスキー『フランス革命と芸術』井上堯裕訳　法政大学出版局　1989

年
・G・セレブリャコワ『フランス革命期の女たち』（上下）西本昭治訳　岩波新書　19
73年
・スタール夫人『フランス革命文明論』（第1巻〜第3巻）井伊玄太郎訳　雄松堂出版
1993年
・A・ソブール『フランス革命と民衆』井上幸治監訳　新評論　1983年
・A・ソブール『フランス革命』（上下）小場瀬卓三／渡辺淳訳　岩波新書　1953年
・G・リューデ『フランス革命と群衆』前川貞次郎／野口名隆／服部春彦訳　ミネルヴァ
書房　1963年
・A・マチエ『フランス大革命』（上中下）ねづまさし／市原豊太訳　岩波文庫　195
8〜1959年
・J・M・トムソン『ロベスピエールとフランス革命』樋口謹一訳　岩波新書　1955
年
・新人物往来社編『王妃マリー・アントワネット』新人物往来社　2010年
・安達正勝『フランス革命の志士たち』筑摩選書　2012年
・安達正勝『物語　フランス革命』中公新書　2008年
・野々垣友枝『1789年　フランス革命論』大学教育出版　2001年
・河野健二『フランス革命の思想と行動』岩波書店　1995年
・河野健二／樋口謹一『世界の歴史15　フランス革命』河出文庫　1989年
・河野健二『フランス革命二〇〇年』朝日選書　1987年

- 河野健二『フランス革命小史』岩波新書 １９５９年
- 柴田三千雄『フランス革命』岩波書店 １９８９年
- 柴田三千雄『パリのフランス革命』東京大学出版会 １９８８年
- 芝生瑞和『図説 フランス革命』河出書房新社 １９８９年
- 多木浩二『絵で見るフランス革命』岩波新書 １９８９年
- 川島ルミ子『フランス革命秘話』大修館書店 １９８９年
- 田村秀夫『フランス革命』中央大学出版部 １９７６年
- 前川貞次郎『フランス革命史研究』創文社 １９５６年

◇

- Artarit, J., *Robespierre*, Paris, 2009.
- Bessand-Massenet, P., *Femmes sous la Révolution*, Paris, 2005.
- Bessand-Massenet, P., *Robespierre: L'homme et l'idée*, Paris, 2001.
- Bonn, G., *Camille Desmoulins ou la plume de la liberté*, Paris, 2006.
- Carrot, G., *La garde nationale, 1789–1871*, Paris, 2001.
- Chaussinand-Nogaret, G., *Louis XVI*, Paris, 2006.
- Claretie, J., *Camille Desmoulins, Lucile Desmoulins*, Paris, 1875.
- Cubells, M., *La Révolution française : La guerre et la frontière*, Paris, 2000.
- Dingli, L., *Robespierre*, Paris, 2004.
- Félix, J., *Louis XVI et Marie-Antoinette*, Paris, 2006.

- Furet, F., Ozouf, M. et Baczko, B., *La Gironde et les Girondins*, Paris, 1991.
- Gallo, M., *L'homme Robespierre: Histoire d'une solitude*, Paris, 1994.
- Gallo, M., *Révolution française: Le peuple et le roi 1774–1793*, Paris, 2008.
- Gallo, M., *Révolution française: Aux armes, citoyens! 1793–1799*, Paris, 2009.
- Hardman, J., *The French revolution sourcebook*, London, 1999.
- Haydon, C. and Doyle, W., *Robespierre*, Cambridge, 1999.
- Lever, É., *Louis XVI*, Paris, 1985.
- Lever, É., *Marie-Antoinette*, Paris, 1991.
- Lever, É., *Marie-Antoinette: La dernière reine*, Paris, 2000.
- Marie-Antoinette, *Correspondance, T.1–T.2*, Clermont-Ferrand, 2004.
- Mason, L., *Singing the French revolution, Popular culture and politics 1787–1799*, London, 1996.
- Mathan, A. de, *Girondins jusqu'au tombeau : Une révolte bordelaise dans la Révolution*, Bordeaux, 2004.
- Mathiez, A., *Le club des Cordeliers pendant la crise de Varennes, et le massacre du Champ de Mars*, Paris, 1910.
- McPhee, P., *Living the French revolution 1789–99*, New York, 2006.
- Monnier, R., *À Paris sous la Révolution*, Paris, 2008.
- Ozouf, M., *Varennes, La mort de la royauté*, Paris, 2005.
- Philonenko, A., *La mort de Louis XVI*, Paris, 2000.

- Robespierre, M. de, *Œuvres de Maximilien Robespierre, T.1–T.10*, Paris, 2000.
- Robinet, J.F., *Danton homme d'État*, Paris, 1889.
- Saint Bris, G., *La Fayette*, Paris, 2006.
- Scurr, R., *Fatal purity: Robespierre and the French revolution*, New York, 2006.
- Tackett, T., *Le roi s'enfuit: Varennes et l'origine de la Terreur*, Paris, 2004.
- Tourzel, L.F. de, *Mémoires sur la révolution, T.1–T.2*, Clermont-Ferrand, 2004.
- Vovelle, M., *Combats pour la révolution française*, Paris, 2001.
- Vovelle, M., *Les Jacobins: De Robespierre à Chevènement*, Paris, 1999.
- Walter, G., *Marat*, Paris, 1933.

解説

金原瑞人

チャアダーエフ、ベリンスキー、ゲルツェン、オガリョフ、バクーニン、スタンケビッチ、チェルヌイシェフスキー……十九世紀ロシアで専制政治を打倒し、農奴を解放しようとした当時の進歩的知識人だ。いうまでもなく、ほとんどが貴族出身。この七人が主要人物として登場し、さらに『初恋』のトゥルゲーネフや『資本論』のマルクスまでが顔を出す芝居がある。イギリスの劇作家トム・ストッパードの「コースト・オブ・ユートピア　ユートピアの岸へ」三部作だ。

これは、革命家・無政府主義者として有名なバクーニンと、作家・思想家として有名なゲルツェンを中心に、十九世紀、ロシアの革命を夢見た知識人を描いた作品だ。随所に出てくる哲学・思想論争や、あちこちに散りばめられた警句に似た短い科白《せりふ》もおもしろいし、複雑な人間関係も見事に描かれている。イギリスでとても評判になっていたので英語の戯曲を読んでみたらこれがおもしろかった。ただ、日本で上演されることはないだろう……と思っていたら、二〇〇九年、蜷川幸雄《にながわゆきお》演出で上演された。

第一部は、十九歳バクーニンが、当時の首都サンクトペテルブルクの士官学校から休暇で実家に帰ってくるところから始まる。そして姉妹の恋愛や結婚、バクーニンを取りまく思想環境の変化、哲学サークルの変遷、トゥルゲーネフのバクーニン家訪問など、約十年間の出来事が語られ、パリにいるバクーニンにシベリア流刑が決まるところで終わる。

第二部と第三部は、ゲルツェンが中心。一八四八年、パリのコンコルド広場で、三十歳のカール・マルクスに会って、出版されたばかりの『共産党宣言』を見せられたバクーニンとトゥルゲーネフの興奮、四八年革命の欺瞞《ぎまん》に気づいたゲルツェンたちの幻滅などが描かれる一方、ゲルツェンの妻とドイツ人の詩人との不倫、オガリョフの妻とゲルツェンとの関係などが細かく描かれていく。そして第三部、二年後に死の迫っているゲルツェンが思想的な問題でも、私生活でもいよいよ悩みを深めていくところで幕が下りる。

『小説フランス革命』を読んだとき、まず頭に浮かんだのが、この戯曲だった。第一部は一八三三年から始まり、第三部は一八六八年で終わる。一九一七年十一月のロシア革命はまだ遠い。

『小説フランス革命』が信じられないほどおもしろく読めたのは、いうまでもなく、作品そのものの魅力が非常に大きいのだが、もうひとつ、この戯曲を読んでいたからでもあると思う。頭の中で、このふたつがうまく結びついたのだ。つまり、どちらも古典的な革命の典型であるとともに、時代的にも思想的にもつながっており、かつ革命前夜と革命当日という意味でもつながっている。そのうえ、登場人物が命がけで革命を夢見ている様が活写されている。そのリアリティ。また、スケールの大きさ、ユニークな視点、細部への目配り、現代性、物語としてのおもしろさ、ぶれのない多視点からの描き方、多彩な登場人物の魅力などにおいても、非常によく似ている。

そんなこともあり『小説フランス革命』、第一巻から最終巻まで一気に読んでしまった。ただ、こちらのほうは、演劇とはちがうんだぞといわんばかりの小説的魅力満載だ。小説は、時間的制約のある演劇とちがって（「ユートピア」のほうは三部、通しで上演してもせいぜい十時間）、融通無碍《ゆうずうむげ》に物語を構成し、自由闊達《かったつ》に人を語ることができる。その利点をとことん活用し、とことんきわめたのがこのシリーズだ。

物語と登場人物に関していえば、まず最初の『革命のライオン』が素晴らしい。

博打と女で身を持ち崩し、数年の獄中生活を送り、手当たり次第に文章を書き散らしてきた、巨漢にして容貌魁偉《ようぼうかいい》の獅子、ミラボー、四十歳。孤児ながらルイ・ル・グラン学院を首席で卒業し、第三身分代表議員に見事当選を果たした、やせぎすの小男、ロベスピエール、三十一歳。うだつがあがらず、最愛の女性はいるものの相手の親から許可が下りず、一夜にして英雄になれないものかと思い悩む野暮な田舎者、デムーラン、二十九歳。

フランスでは食糧不足をきっかけに、それまでの不満と不安が膨らんでいく。悠揚迫らぬ筆致で描かれていくフランス革命前夜は、事件らしい事件は起こらないが、物語の前触れとしての不気味なうごめきがじわじわと伝わってくる。

そして「もうパリは爆発寸前です」という状態のなか、それまでぱっとしなかったデムーランは豹変《ひょうへん》し、「劣等感、屈辱、焦燥、そして隠されていた自負、奥底に鬱積していた全ての感情を今こそと一気に爆発させ」、鬼気迫る形相で、「言葉を吐くごと、歯を剝き出して、まるで肉塊に噛《か》みつく」かのように市民に語りかける。

ここに、巨木のような大男の弁護士、ダントン、二十九歳が登場し、さらに本業が医者ながら不遇をかこつ屈折した不機嫌男、マラ、四十六歳が加わる。

そしていよいよ、バスティーユ襲撃。その成功のあと、ロベスピエールのミラボーに対する疑念が膨らんでいく。いよいよ物語のはじまりである。小説のおもしろさ、いや、おもしろさへの期待を確信へと変えていく見事な展開だ。

次は、足が悪いが容姿端麗で「この世に虜にできない女もない。ああ、鏡にみる立ち姿には、我ながら惚《ほ》れ惚《ぼ》れする」とうそぶく、聖職者代表のタレイラン、三十五歳が登場。

四十代のミラボーとマラを別にすれば、多くが二十代後半から三十五歳だ。もちろん革命には様々な人間が、それこそ若者から老人までがなんらかの形でかかわるのだが、その中心となるのはこの年齢なのかもしれない。一九五六年、キューバでのゲリラ戦が始まったとき、カストロは三十歳前後、チェ・ゲバラはその二歳下。じつに魅力的な年齢だ。

さらにミラボー亡き後の革命派の微妙なバランスの推移の後、王の逃亡の企てとその失敗が描かれ、いよいよ主戦論と反戦論を中心に刻々と変わる政治的状況が語られる、この第十巻。

幕が開くといきなり、マノン・ロラン、三十七歳の女性の登場。この時代、フランスでは女性が社会的権利を求めて活躍を始めていた。たしかに、一七八九年十月のヴェルサイユ行進では「女たちが王を連れさった」のだった。

女性の社会進出と女性の活躍は、このシリーズの大きなテーマのひとつで、ことあるごとに様々な形で表れ、最後の最後まで物語を大きく揺り動かしていく。

ただ、この巻に登場するロラン夫人はその手の女性ではない。「女という生き物は果たして権利など欲しいのかしら」と考え、「欲しいのは、権力のほうじゃなくて？」と思う。そんなタイプだ。夫は五十八歳で、州の工業監察官をしていたがパリ革命の波を受けて、そのポストが廃止され、年金生活……という状態だった。夫人はサロンを営んで、実力派の政治家たちを招く。その中心人物が、主戦派の立法議会議員で、「今や議場を席捲《せっけん》する勢いを示している、あの論客ブリソ」。反戦派ロベスピエールは彼の宿敵だが、両者ともにジャコバン・クラブのメンバーだ。そんな複雑な状況のなか、夫人はブリソを引き立てて、夫を内務大臣の地位につかせることに成功し、内閣はオーストリアに最後通牒を突きつけ、「イギリスの中立を確保するため、あのタレイランが密かにロンドンに渡航」することになる。

このへんの物語の進め方は、まさに心理小説。

たとえば「拒否権の行方」の章で、まわりの男たちが誰ひとり反論できないでいるデュムーリエを相手に、「もしや将軍は『オーストリア委員会』に同情的なのですか」と夫人が話しかける場面は、とても印象的だ。そして「敗戦の責任を王家に転嫁」して、「国民の不満を逸《そ》らすことができればよい」と説き伏せる。「しかし、あまりに……」と躊躇《ちゅうちょ》するデュムーリエに「姑息《こそく》ですか。小細工にすぎますか。ええ、所詮は女の考えることですもの」とたたみかける。じつにいやな女が、じつにうまく描かれている。

さて、この巻でロベスピエールは敗北感を嚙みしめるのだが、あるとき、はっと気づく。

「政治だけの民主主義では足りない」

「人間には社会の民主主義も必要なのだ」

物語の最初のほうで「国家の本質とは暴力に他ならない」と悟ったロベスピエールの

何度目かの発見が感動的に描かれている。

　この第十巻は、これまでの流れを受けてそれを新たにまとめるとともに、ロラン夫人という狂言回しを巧みに使って、革命の新しい展開を生き生きと描きながら、ロベスピエールの人間、社会、民主主義、そして革命に関する認識の変化も描いているのだ。それに、このふたりだけでなく、ここに登場する人々のリアルなこと。いや、リアルを越えて、人間くさく、その存在感に圧倒されてしまう。考えてみれば、このシリーズは最初から最後まで、歴史を形作っていく人人人が、生々しく動き、うごめき、もつれ、からみあっていく。それがたくみな物語で描かれていく様は壮観というほかない。まさに、ドラマティックでダイナミックな人間喜劇である。人の魅力と体臭、それがむんむんと漂ってくる。

　それにしても、やはり、徹頭徹尾、ロベスピエールがいい。じつに、魅力的だ。シリーズ最終巻の人間と革命の可能性を信じる彼の姿は、鮮やかに心を打つ。

　最後にもう一度、ロシア革命にもどりたい。

　高校の頃に読んだ河出書房の「カラー版世界の歴史」全二十四巻のなかの『ロシアの革命』（松田道雄）が今でも忘れられない。プロローグは、十六歳のゲルツェンと十五歳のオガリョフが、モスクワ市をみおろす丘の上で誓いを立てるところから始まる。

ゲルツェンもオガリョフも、ロシアの革命のために、たたかい、流刑になり、亡命し、たすけあいながら異国に死んだ。

ゲルツェンもオガリョフも神を信じなかった。神を信じるかわりに革命を信じた。

『小説フランス革命』を、近いうちにもう一度読み返したいと思う。そのときは「革命」を心から信じたロベスピエールに焦点を当てて。

（かねはら・みずひと　翻訳家）

小説フランス革命 1~18巻 関連年表

（■の部分が本巻に該当）

1

1774年5月10日	ルイ16世即位
1775年4月19日	アメリカ独立戦争開始
1777年6月29日	ネッケルが財務長官に就任
1778年2月6日	フランスとアメリカが同盟締結
1781年2月19日	ネッケルが財務長官を解任される
1787年8月14日	国王政府がパリ高等法院をトロワに追放
	――王家と貴族が税制をめぐり対立――
1788年7月21日	ドーフィネ州三部会開催
8月8日	国王政府が全国三部会の召集を布告
8月16日	「国家の破産」が宣言される
8月26日	ネッケルが財務長官に復職
	――この年フランス全土で大凶作――
1789年1月	シェイエスが『第三身分とは何か』を出版

3月23日	マルセイユで暴動
3月25日	エクス・アン・プロヴァンスで暴動
4月27～28日	パリで工場経営者宅が民衆に襲われる（レヴェイヨン事件）
5月5日	ヴェルサイユで全国三部会が開幕
同日	ミラボーが『全国三部会新聞』発刊
6月4日	王太子ルイ・フランソワ死去
6月17日	第三身分代表議員が国民議会の設立を宣言
1789年6月19日	ミラボーの父死去
6月20日	球戯場の誓い。国民議会は憲法が制定されるまで解散しないと宣誓
6月23日	王が議会に親臨、国民議会に解散を命じる
6月27日	王が譲歩、第一・第二身分代表議員に国民議会への合流を勧告
7月7日	国民議会が憲法制定国民議会へと名称を変更
	――王が議会へ軍隊を差し向ける――
7月11日	ネッケルが財務長官を罷免される
7月12日	デムーランの演説を契機にパリの民衆が蜂起

1789年7月14日 パリ市民によりバスティーユ要塞陥落
——地方都市に反乱が広まる——
7月15日 バイイがパリ市長に、ラ・ファイエットが国民衛兵隊司令官に就任
7月16日 ネッケルがみたび財務長官に就任
7月17日 ルイ16世がパリを訪問、革命と和解
7月28日 ブリソが『フランスの愛国者』紙を発刊
8月4日 議会で封建制の廃止が決議される
8月26日 議会で「人間と市民の権利に関する宣言」（人権宣言）が採択される
9月16日 マラが『人民の友』紙を発刊
10月5〜6日 パリの女たちによるヴェルサイユ行進。国王一家もパリに移動

3

1789年10月9日 ギヨタンが議会で断頭台の採用を提案
10月10日 タレイランが議会で教会財産の国有化を訴える
10月19日 憲法制定国民議会がパリに移動
10月29日 新しい選挙法・マルク銀貨法案が議会で可決
11月2日 教会財産の国有化が可決される

4

	11月頭	ブルトン・クラブが憲法友の会と改称し、
		集会場をパリのジャコバン僧院に置く（ジャコバン・クラブの発足）
	11月28日	デムーランが『フランスとブラバンの革命』紙を発刊
	12月19日	アッシニャ（当初国債、のちに紙幣としても流通）発売開始
1790年	1月15日	全国で83の県の設置が決まる
	3月31日	ロベスピエールがジャコバン・クラブの代表に
	4月27日	コルドリエ僧院に人権友の会が設立される
		（コルドリエ・クラブの発足）
1790年	5月12日	パレ・ロワイヤルで1789年クラブが発足
	5月22日	宣戦講和の権限が国王と議会で分有されることが決議される
	6月19日	世襲貴族の廃止が議会で決まる
	7月12日	聖職者の俸給制などを盛り込んだ聖職者民事基本法が成立
	7月14日	パリで第一回全国連盟祭
	8月5日	駐屯地ナンシーで兵士の暴動（ナンシー事件）
	9月4日	ネッケル辞職

1790年9月初旬　エベールが『デュシェーヌ親爺』紙を発行

1790年11月30日　ミラボーがジャコバン・クラブの代表に

12月27日　司祭グレゴワール師が聖職者民事基本法に最初に宣誓

12月29日　デムーランとリュシルが結婚

1791年1月　宣誓聖職者と宣誓拒否聖職者が議会で対立、シスマ（教会大分裂）の引き金に

1月29日　ミラボーが第44代憲法制定国民議会議長に

2月19日　内親王二人がローマへ出立。これを契機に亡命禁止法の議論が活性化

4月2日　ミラボー死去。後日、国葬でパンテオンに偉人として埋葬される

1791年6月20〜21日　国王一家がパリを脱出、ヴァレンヌで捕らえられる（ヴァレンヌ事件）

6

7

1791年6月21日	一部議員が国王逃亡を誘拐にすりかえて発表、廃位を阻止
7月14日	パリで第二回全国連盟祭
7月16日	ジャコバン・クラブ分裂、フイヤン・クラブ発足
7月17日	シャン・ドゥ・マルスの虐殺
	8
1791年8月27日	ピルニッツ宣言。オーストリアとプロイセンがフランスの革命に軍事介入する可能性を示す
9月3日	91年憲法が議会で採択
9月14日	ルイ16世が憲法に宣誓、憲法制定が確定
9月30日	ロベスピエールら現職全員が議員資格を失う
10月1日	新しい議員たちによる立法議会が開幕
	――秋から天候が崩れ大凶作に――
11月9日	亡命貴族の断罪と財産没収が法案化
11月16日	ペティオンがラ・ファイエットを選挙で破りパリ市長に
11月25日	宣誓拒否僧監視委員会が発足
	9

1791年11月28日　ロベスピエールが再びジャコバン・クラブの代表に
12月3日　亡命中の王弟プロヴァンス伯とアルトワ伯が帰国拒否声明
――王、議会ともに主戦論に傾く――
12月18日　ロベスピエールがジャコバン・クラブで反戦演説

10

1792年1月24日　立法議会が全国5万人規模の徴兵を決定
3月3日　エタンプで物価高騰の抑制を求めて庶民が市長を殺害（エタンプ事件）
3月23日　ロランが内務大臣に任命され、ジロンド派内閣成立
3月25日　フランスがオーストリアに最後通牒を出す
4月20日　オーストリアに宣戦布告
――フランス軍、緒戦に敗退――
6月13日　ジロンド派の閣僚が解任される
6月20日　パリの民衆がテュイルリ宮へ押しかけ国王に抗議、しかし蜂起は不発に終わる

1792年7月6日	デムーランに長男誕生
7月11日	議会が「祖国は危機にあり」と宣言
7月25日	ブラウンシュヴァイク宣言。オーストリア・プロイセン両国がフランス王家の解放を求める
8月10日	パリの民衆が蜂起しテュイルリ宮で戦闘。王権停止（8月10日の蜂起）
8月11日	臨時執行評議会成立。ダントンが法務大臣、デムーランが国璽尚書に
8月13日	国王一家がタンプル塔へ幽閉される
1792年9月2～6日	パリ各地の監獄で反革命容疑者を民衆が虐殺（九月虐殺）
9月20日	ヴァルミィの戦いでデュムーリエ将軍率いるフランス軍がプロイセン軍に勝利
9月21日	国民公会開幕、ペティオンが初代議長に。王政廃止を決議
9月22日	共和政の樹立（フランス共和国第1年1月1日）
11月6日	ジェマップの戦いでフランス軍がオーストリア軍に勝利、約ひと月でベルギー全域を制圧

11

12

1792年11月13日	国民公会で国王裁判を求めるサン・ジュストの名演説
11月27日	フランスがサヴォワを併合
12月11日	ルイ16世の裁判が始まる
1793年1月20日	ルイ16世の死刑が確定
1月21日	ルイ16世がギロチンで処刑される
1793年1月31日	フランスがニースを併合
	――急激な物価高騰――
2月1日	国民公会がイギリスとオランダに宣戦布告
2月14日	フランスがモナコを併合
2月24日	国民公会がフランス全土からの30万徴兵を決議
2月25日	パリで食糧暴動
3月10日	革命裁判所の設立。同日、ヴァンデの反乱。これをきっかけに、
	フランス西部が内乱状態に
4月6日	公安委員会の発足
4月9日	派遣委員制度の発足

13

14

1793年5月21日　十二人委員会の発足
5月31日〜6月2日　アンリオ率いる国民衛兵と民衆が国民公会を包囲、ジロンド派の追放と、ジャコバン派の独裁が始まる
6月3日　亡命貴族の土地売却に関する法律が国民公会で決議される
6月24日　共和国憲法（93年憲法）の成立

15

1793年7月13日　マラが暗殺される
7月27日　ロベスピエールが公安委員会に加入
8月23日　国民総動員令による国民皆兵制が始まる
8月27日　トゥーロンの王党派が蜂起、イギリスに港を開く
9月5日　パリの民衆がふたたび蜂起、国民公会で恐怖政治（テルール）の設置が決議される
9月17日　嫌疑者法の成立
9月29日　一般最高価格法の成立

1793年10月5日　革命暦（共和暦）が採用される（フランス共和国第2年1月19日）
10月16日　マリー・アントワネットが処刑される
10月31日　ブリソらジロンド派が処刑される
11月8日　ロラン夫人が処刑される
11月10日　パリで理性の祭典。脱キリスト教運動が急速に進む
12月5日　デムーランが『コルドリエ街の古株』紙を発刊
12月19日　ナポレオンらの活躍によりトゥーロン奪還、
この頃ヴァンデの反乱軍も次々に鎮圧される

1794年　――食糧不足がいっそう深刻に――
3月3日　反革命者の財産を没収し貧者救済にあてる風月法が成立
3月5日　エベールを中心としたコルドリエ派が蜂起、失敗に終わる
3月24日　エベール派が処刑される

1794年4月1日　執行評議会と大臣職の廃止、警察局の創設
――公安委員会への権力集中が始まる――

17 16

4月5日　ダントン、デムーランらダントン派が処刑される
4月13日　リュシルが処刑される
5月10日　ルイ16世の妹エリザベート王女が処刑される
5月23日　ロベスピエールの暗殺未遂（赤服事件）
6月4日　共通フランス語の統一、フランス各地の方言の廃止
6月8日　シャン・ドゥ・マルスで最高存在の祭典。ロベスピエールの絶頂期
6月10日　訴訟手続きの簡略化を図る草月法が成立。恐怖政治の加速
6月26日　フルーリュスの戦いでフランス軍がオーストリア軍を破る
1794年7月26日　ロベスピエールが国民公会で政治の浄化を訴えるが、議員ら猛反発
7月27日　国民公会がロベスピエールに逮捕の決議、パリ自治委員会が蜂起（テルミドール九日の反動）
7月28日　ロベスピエール、サン・ジュストら処刑される

18

初出誌　「小説すばる」二〇一〇年一月号〜二〇一〇年四月号

二〇一二年六月に刊行された単行本『ジロンド派の興亡　小説フランス革命Ⅶ』と、同年九月に刊行された単行本『共和政の樹立　小説フランス革命Ⅷ』（共に集英社刊）の二冊を文庫化にあたり再編集し、三分冊しました。

本書はその一冊目にあたります。

佐藤賢一の本

ジャガーになった男

「武士に生まれて、華もなく死に果ててたまろうものか!」サムライ・寅吉は冒険を求めて海を越える。17世紀のヨーロッパを駆けぬけた男の数奇な運命を描く、著者デビュー作。

集英社文庫

佐藤賢一の本

傭兵ピエール（上・下）

魔女裁判にかけられたジャンヌ・ダルクを救出せよ——。15世紀、百年戦争のフランスで敵地深く潜入した荒くれ傭兵ピエールの闘いと運命的な愛を雄大に描く歴史ロマン。

佐藤賢一の本

王妃の離婚

１４９８年フランス。国王が王妃に対して離婚裁判を起こした。田舎弁護士フランソワは、その不正な裁判に義憤にかられ、孤立無援の王妃の弁護を引き受ける……。直木賞受賞の傑作。

佐藤賢一の本

カルチェ・ラタン

時は16世紀。学問の都パリはカルチェ・ラタン。
世間知らずの夜警隊長ドニと女たらしの神学僧
ミシェルが巻き込まれたある事件とは？　宗教
改革の嵐が吹き荒れる時代の青春群像。

集英社文庫

集英社文庫

ジロンド派《は》の興亡《こうぼう》 小説《しょうせつ》フランス革命《かくめい》10

2014年9月25日 第1刷
2020年10月10日 第2刷

定価はカバーに表示してあります。

著 者 佐藤賢一《さとうけんいち》

発行者 徳永 真

発行所 株式会社 集英社
東京都千代田区一ツ橋2-5-10 〒101-8050
電話 【編集部】03-3230-6095
【読者係】03-3230-6080
【販売部】03-3230-6393（書店専用）

印 刷 凸版印刷株式会社

製 本 凸版印刷株式会社

フォーマットデザイン アリヤマデザインストア マークデザイン 居山浩二

ISBN978-4-08-745226-6 C0193